谜托邦

MYSTOPIA

华文推理新大陆
推理迷的乌托邦

持续破产的
女人

［日］新川帆立 著
王丹 译

北京联合出版公司
Beijing United Publishing Co.,Ltd.

目录

第一章　羡慕与下克上　001

第二章　血、血　063

第三章　相同又不同的我们　117

第四章　老虎的尾巴　185

第五章　生命的价格　245

第一章 羡慕与下克上

第一章　羡慕与下克上

1

"明明说今天来相亲的是丸之内[1]的白领，怎么是女律师啊？"

坐在我正对面的商社[2]男小声嘟囔道。

我暗自收敛着脾气，强忍着怒气。在这个热闹非凡的西班牙酒吧里，独独我们四个人的餐桌上流淌着沉默。

我对于这种情况已经习以为常了。

"呼"，我在心中暗自叹了一口气，努力发出明亮开朗的声音，说道："我有异议！[3]"

我轻轻地举起右手，接着说："玉子我就是一个出色的白领嘛。"

我故意嘟起嘴来，做出可爱的姿态。

我的指甲上涂着桃红色的指甲油，纯白的连衣裙外面搭配了一件薄薄的开衫。精致的齐耳波波头，用卷发棒精心地烫得服服帖帖，每一根发丝都闪烁着光泽。

只看外表的话，没有人会看得出我是个律师吧。

---

[1] 日本东京著名的商业街。（全书脚注皆为译注）
[2] 日本的商社，又称综合商社，是集贸易、产业、金融及信息等为一体，为客户提供综合服务的大型跨国公司。综合商社的薪资待遇高，是日本大学生就职最受欢迎的行业之一，也是日本女性选择结婚对象时理想的职业之一。
[3] 原文为"異議あり！"，此为日本庭审中控辩双方提出反对意见时常说的专用词汇。

商社男好像对于我这样突如其来的装可爱反击，有些不知所措："我还是第一次在现实生活中听到'我有异议'这句话呢。"

他一边说着，一边放松开来，脸上露出了笑容。

其实，"我有异议"这句话，我也只有在相亲联谊的时侯才能说说。我们的工作客户都是大型企业，平时我主要的业务是制作合同、提供法律咨询等，至今从未站上法庭过。

我从学生时代开始，就相当受男性的欢迎。对于不算是美女的我来说，这样已经很不错了。只要让男人觉得我是个捉摸不透、与众不同的女子，那这个男人就是我的囊中之物了。

说到底，男人啊，还是喜欢纯真可爱、头脑聪明的女人。

"美法小姐，你也是律师吗？"

面对商社男的发问，缩在我身旁的美法沉默地点了点头。

美法说想要有机会认识异性，所以我才策划了这次相亲联谊会。然而，机会真的来了，她的态度却这么消极，这一点真让我讨厌。

美法依旧顶着一头乱糟糟的自来卷，都没有去美发店做个造型，依然戴着平时的那副眼镜，穿着平时工作穿的西装套装。对于这些，真让我哑口无言。这种时候，至少要化个妆再来吧。

"这家伙是个医生哟。"商社男轻轻戳了戳旁边那个胖男人。

"哇！好厉害啊！您是医生呀！"

我立刻做出了反应，夸张的话语脱口而出，就像条件反射一样。

医生男朝我点了点头，下巴向前突出。这是一个带着自信和傲慢的动作。他应该是平时被人奉承惯了吧。

医生男身体很胖，粗壮的脖子上长着一张像被压扁了的青蛙似的脸，真是个丑八怪。

我卸了妆的话也很丑，所以也没资格谈论别人的长相。

但是，长得丑这件事，只对女人来说是吃亏的。男人只要能赚大钱就很有面子。想到这里，我的心情不免有几分低落，但是，我马上告诉自己，要重新打起精神来。

对方的职业可是个医生呢。他的家境可能也很殷实。体形以后可以改变，仪表相貌也都没关系。总之，我还是要注重潜力，认真对待，我在心中暗暗想道。

"您平时工作一定很忙吧，非常感谢您今天能来参加这个联谊会。"

"是啊，每天都忙于工作，生活方面只能凑合，所以才想找个能照顾我生活、支持我工作的人哦。"

医生男试探性地将视线投向了我。

这样的对话，在相亲联谊会上可以说是约定俗成的流程了。

"哎呀，那我来当候补好了。"我用轻松的语气答道，接着笑了起来。

这种程度的对话，我不用动脑子就能轻松应对。

这个医生男，亮出自己有结婚意愿的想法，是想吸引女人。他深信女人会自己上钩。我有种被人轻视了的感觉，感到很生气。

他以为每个女人都想和他结婚吧？

医生男和我差不多同龄。二十七八岁的医生，大概在医院，只是个跑跑腿的角色吧。尽管如此，一到了男女相亲的场所，就突然颐指气使，摆出一副自己很了不起的样子，我对此感觉很不舒服。

这个医生男，年收入可能还不到我的一半吧。就是这样一个男人，居然会在这里跟我瞎扯什么想找一个照顾他生活、支持他工作的人，难道他觉得我会对他有所觊觎吗？我头脑中闪过各种各样的念头，但是，又立刻停止了自己的这些胡思乱想。想这些又有什么用呢？

我想要结婚，想找男朋友，所以就要广撒网。就算这次没有合适的人，他们也有可能给我介绍他们的朋友啊。

我决定把这难以释怀的心情放在一边。突然，坐在我身边的美法用一板一眼的语气说道："我们律师也很忙的，我也想找一个可以支持我、照顾我的人。"

医生男像是吃了一惊，一瞬间，瞪圆了双眼。但是，立即又换上一副平淡的口气，附和道："是啊。律师也很忙吧。"

美法继续说道："我们下班后，除去睡眠，剩下的时间，就算往多里估算，一周也就大概四五个小时而已。还要做一些像洗衣、打扫这类最基本的家务活。时间一下子就用完了。

但是，因为现在我们首要的任务还是要熟悉工作内容，真是身不由己呀。"

"嗯，是啊，工作也是很重要的啊……"面对开始聊起工作话题的美法，医生男好像有些不知所措。

把职业呀、工作忙碌呀这些话题作为聊天内容，是不会有什么成果的。女性朋友之间聊天的时候，如果说这些话题，都会冷场的，更何况是这种男女相亲的时候呢？

我在桌子下面踢了美法一脚。明明是她想要机会，想要参与相亲，又为什么要在这种场合，说这么不着调的话呢？我完全搞不懂她了。

医生男不知是不是对这个聊天话题感到尴尬了，将话题转到了我身上。

"玉子小姐，你也很忙吗？"

我还是什么也没想就回答道："玉子我是个天才，所以无论是工作还是家务事，都应付得来呢。"我故意用呆萌的语气说道。

真实的自己是什么样，一点都不重要。为了能在任何场合下都如鱼得水，我可以任意变换我的姿态。

两个男人忍不住一齐笑出声来："原来玉子是个天才啊？"

找了个空隙，我赶紧瞪了美法一眼。美法给了我一个"我知道了"的眼神，朝我点了点头。

那之后，美法说的话都很得体了。

想做的话，美法不是也可以做得很好嘛。我心想。

可是，我还是克制不住自己焦躁的心情。我到底在生什么气呢？我自己也不清楚。

在银座和男人们告别之后，我们朝丸之内走去。

男人们提议换个地方再喝一杯。我用"灰姑娘时间到了"拒绝了他们的邀请。

我们俩朝我们的事务所——山田川村津津井律师事务所方向走去。虽然已经是晚上十一点了，但我们要做的工作却还有很多。

"美法，你刚才为什么要说那些破坏气氛的话呢？"我低声问道。

"抱歉抱歉，那你也没必要踢我啊！"美法一边说着，一边用袖子擦拭眼镜上的雾气。

"不是美法你想要相亲的吗？所以我才组织了今天的相亲联谊会啊。"

美法是我从大学、研究生一直到工作后，都一直在一起的朋友。很多女孩背后说我是装可爱，讨厌我。但是美法是个"法律宅女"，对人没什么兴趣。我们就这样不可思议地成为了朋友，相处得一直很舒服。

"可是，玉子你为什么这么努力呢？今天的两个人，说实话，有些说不上来的感觉。"

我吃了一惊，情不自禁地睁大了眼睛。

第一章　羡慕与下克上

"美法，你说什么？"

"难道不是吗？他们俩一听说我们是律师，就直截了当地没兴趣了。今天的商社男、医生男，是想来找个能给他们做家务、养育孩子、对他们言听计从的女人，对吧。"

这时，我们正好要穿过有乐町。我停下步子，回头向美法看去，高跟鞋踩在路面上的声音，"嗒嗒嗒"地在夜晚的街道回响。

"趁这个机会，作为朋友，我有话要跟你说。美法，你确实在工作上非常努力，但是完全没有作为女人去努力。你总是不化妆，言谈举止也是大大咧咧的，太随意了。"

路灯影影绰绰地照在美法脸上，她的表情变得僵硬，像是在逃避我的视线似的，斜着眼睛看着其他的方向。

我踌躇了一下，闭上了嘴，可是又忍不住不吐不快。

"所以，男人看你的时候——"

"你就是想说，我不受男人待见，对吧？"

美法几乎是喊出了这句话。她快速地眨着眼睛，每次美法快哭出来的时候，都会这样快速地眨眼睛。

"不是那样的。"

"就是那样的吧，你想说因为我长得不好看，所以不受男人喜欢。"

"不是那样的，我只是想说，一直像现在这样的话，男人很难发现美法你的优秀之处啊。"

我继续快速地说道："我说的是恋爱市场的一般规律。在恋爱市场上，能赚钱的男人就了不起，年轻可爱的女孩子就能脱颖而出。所以，今天那两个男人，在恋爱市场上，价值比我们要更高。我们必须得老实承认这一点。想要打败价值比我们高、在我们之上的人，就必须要努力磨砺自己。自己不努力，还贬低对方，我认为这是不对的。"

"什么打败，什么努力，玉子，你在和什么战斗呢？恋爱不是这样的，我觉得你战斗的对象是不对的。"

美法这个人，连个恋爱经历都没有，有什么资格对我说教呢？我感到很生气。但是我明白，把这些都指出来的话，会伤害到美法。我什么都说不出口。

"玉子，你不明白我的心情。"美法盯着我的眼睛，对我说。

"我本来就长得不漂亮，即便是减肥、打扮，也好看不到哪里去。我跟玉子你不是一类人。你是只要打磨一下，就能散发光芒的那种类型。"

"只要打磨一下就能散发光芒？"我重复着美法的话，撇了一下嘴。

美法这么说，好像是在说我不打磨就无法散发出光芒似的。我的心里很不痛快，但是我还是忍住了没有反驳。是我先对美法说了关于她外表的那些话，美法是很受打击的，她气急败坏了，才会说出一些失礼的话，也是正常的。

对于我的忍耐，美法却继续咄咄逼人地说道："玉子，你就是喜欢装可爱，对男人卖弄风骚。"

第一章 羨慕与下克上

我有一种不好的预感。

不出所料，从美法的口中，我听到了那些我至今最常被别人说的，也是我最不希望被别人说的话。

"玉子归根到底，还是喜欢男人吧！"

我低下头，朝下看去，我的那双米黄色漆面浅口女鞋映入眼帘。

今天，我特意挑选了这双低跟鞋，就是考虑到如果来相亲的对象个子不高的话，我的身高也不会超过对方。

我并不是喜欢男人，只是像我这样不是很漂亮的女人，若是放任自流的话，一定交不到男朋友，结不了婚。我有这样的自知之明，所以只好努力。而大多数男人，会觉得如此努力的我，是很可爱的。可是，我不想被好朋友说成是装可爱、喜欢男人。

"我只是在努力而已，我以为美法你应该能理解我的。"

"玉子，其实你一直都看不起我吧。"

美法撂下这句话，快步向车行道走去。她伸手拦下了一辆出租车，坐了进去。出租车朝事务所相反的方向驶去。看来美法今天放弃去事务所，直接回家了。

我独自一个人留在了有乐町。一阵桂花的香气，伴着凉风袭来。闻到这甘甜、醇厚的香味，我四顾周围，这条街道高楼大厦林立，在这满是钢筋混凝土的某处，栽着一株桂花树吧。在高楼的夹缝当中，仅有很小的一片绿地。一株被遮掩起来，但却又顽强地、倔强地、不服输地矗立着的桂花树，就像我一样。

我原本想回事务所工作,但是干劲已经完全消沉了。我在车行道站了五分钟左右,终于拦到了一辆出租车,回了家。

真是祸不单行,麻烦事接踵而至。

第二天早晨,在餐桌上。

我像往常一样,准备了一桌早饭,全是奶奶喜欢吃的。用砂锅煮的米饭,在上面配上用甜口酱油腌制的咸萝卜,往昨天剩下的猪骨汤里,加了些切碎的姜末,还有盛在小钵中的佃煮[4]的小沙丁鱼和核桃。这是我提前准备好的菜。

奶奶默默地将早饭一扫而光,把放在矮脚桌角落的竹箩筐拉到身边,从里面拿出了三个柿饼,全部吃掉了。

我没有感受到任何的异样。奶奶虽然很瘦,但食欲很好,可能是因为她的牙齿比较结实吧。如果是像往常一样,那么接下来,奶奶应该要大口大口地喝茶了。但是,这次却不同。

奶奶没有把手伸向茶碗,而是突然宣布道:"我要结婚了。"

"什么?"我手上的茶碗停了下来。

"结婚?!奶奶你要结婚吗?"

"是啊,老太婆要结婚,有什么不行的吗?"

已经年过八十的奶奶,脸上却既没有皱纹也没有老年斑。

---

[4] 佃煮,又称甜烹海味。指用酱油、料酒、糖将鱼、虾、贝类、海藻等进行烹煮,味道浓重,保存期较长。因最初在江户佃岛制作而得名。

淡褐色的大大的眼睛里，闪烁着波光。发量比年轻的时候少了，但是银发打理得整整齐齐。即使已经过了六十年，今天还是依稀能看出奶奶当年作为"柿子西施""纪州第一美女"那熠熠闪光的风姿。

"最近，有老年人的相亲活动。"

"相亲活动"几个字发音非常饶舌，可是奶奶却舌头灵活，发得十分清楚。

奶奶从旁边的文件盒里，取出一份淡粉色的宣传册，指给我看。上面用大大的字写着"一期一会草莓会"。

"我就是在这个活动里，遇到了一个帅哥。"

就算是帅哥，也是个老爷爷了吧，我心想。但是，如果敢这么说的话，奶奶就会用两三倍的话来反驳我。我闭上嘴不作声，看着坐在矮脚桌对面的奶奶。

"他还送了戒指给我。"

奶奶说着，从电话桌底下神神秘秘地拿出来一个纸袋子，打开了一个首饰盒，盒子上刻有"特托拉贵金属"几个金色的字。奶奶把里面的钻石戒指取出来给我看。

"奶奶居然还收了戒指。"

戒指上镶嵌的钻石相当大，我不是很了解钻石，差不多有黄豆那么大。

我不知道该说什么好。在我忙工作的时候，奶奶和帅爷爷约了好几次会，被求婚，还收下了戒指。

"我要比玉子你更早一步出嫁了哦。下下个月我们办理结婚登记后，我就要搬到阿宗家里去住了。"

奶奶指着报纸店赠送的大字版日历。今天是十月四日。奶奶打算十二月和"阿宗"结婚。

"他到现在还没有退休，经营一家公司，高高瘦瘦的，是个好男人。俗话说，女人要可爱，男人要有志气。能引领女人的男人真帅啊。果然，男人不管多大年纪，还是有野心的男人最有魅力啊……"

奶奶又喋喋不休地开始讲述她的恋爱观。说是跟我讲她的恋爱故事，可是却又从来不会征求我的意见。所以，奶奶一个人说着，我只是静静地听着，偶尔附和几句。

"阿宗他家好像是住在世田谷。玉子啊，你不用再照看我这个老婆子了，你可以从家里搬出去一个人住，可以和男朋友一起住，可以过自己喜欢的生活了。"

我一只手肘支撑在矮脚桌子上，头靠在手上。我表面上装出一副平静的样子，但内心极度混乱。三十多年前，在我出生以前，爷爷就去世了。奶奶的再婚，本身没有什么问题，但是为什么这么突然就提出要结婚呢？我想要让心情平复下来，开始深呼吸。

在矮脚桌子的一旁，药盒子堆得像小山一样。我会预先将奶奶早中晚要服用的药，分成小份装在里面。我每天都要仔细检查防止脱水的补液盐还剩多少，若有需要，还要把奶奶送去日托中心或带奶奶去医院。虽说奶奶现在的身体还算硬朗，但是和老年人在一起生活，有许许多多要做的事情。

我怎么能放心地把这些事情，托付给一个不知道从哪里冒出来的老爷爷呢？

"我不会从家里搬出去的，而且我也没有男朋友。"

我将视线投向房间一隅摆放着的牌位。父亲和母亲保持着二十年前的年轻姿态，微笑着，看着我。

"玉子啊，你已经三十岁了。"

"我才二十八岁。"我插嘴说。

"多少岁不重要，到了这个年纪，还一直和我这个老婆子一起住，就算有了男朋友，带着我这样的累赘，也不能安心结婚呀。"

"所以啊，我说了，我没有男朋友。"

昨天刚刚因为男人的事和美法闹别扭，今天却又要和奶奶讨论这个话题，真郁闷。

"即便是现在没有男朋友，但是玉子你马上就可以交到的。到那个时候，奶奶就成了阻碍了。"

无论怎么和奶奶说，在奶奶的心目中，我永远都是那个像粉雕玉琢的团子一样可爱的小婴儿玉子。奶奶深信，只要我想要交男朋友，想要结婚，就随时可以结婚。

在我的学生时代，我也觉得不久就可以结婚。成为律师之后，形势就变得不妙了。工作很忙，没有时间恋爱。学生时代交的男朋友也自然分手了。

而且，虽然轻松地谈恋爱感觉的确很好，但是一谈到结婚，就突然没了现实感。偶尔约会一下很开心，但是让某个人闯入我的私生活，我想都不敢想。努力工作，照顾奶奶，打扮得漂漂亮亮和朋友们娱乐消遣。仅仅是这些，就把我的一天二十四小时塞得满满当当。除此之外，我可不想再承担其他别的事情了。

即便如此，在我内心深处的某处地方，却仍想着我必须要结婚，这让我感到很不可思议。

"我要是搬出去了，那柿饼谁来做呢？"我有些生气地问道。

"柿饼我自己就可以做。"奶奶嘟着嘴巴说。

和我装可爱时的动作一模一样。

"奶奶你是娇生惯养的大小姐，肯定做不了的。你又嫌超市卖的柿饼不好吃。我要是搬出去了，奶奶你一辈子都吃不到那么好吃的柿饼了。还有松松软软的玉子烧，还有美味的沙丁鱼丸子汤，你都吃不到了。"

其实一点也不重要，但是我说出来的净是些关于吃的。

"我也没说我想吃啊。"奶奶傲慢的口吻让我窝火，气得我头晕目眩。

"我不管你了。"

我看向榻榻米，一把抓起放在上面的外套，另外一只手拿起皮包，站起身来。

"我要去上班了，今天会回来很晚。午饭在绿色的便当盒里，晚饭在橙色的便当盒里。别忘了吃药，门铃响了也不要应。这个塑料瓶里面的水到晚上要喝完，回来之后我要检查。"

"好的好的，放心吧。"奶奶用欢快的语气回应道，这让我更生气了。

奶奶一直是个很自我的人，一点也不顾及我的心情。

我去大型律师事务所工作，有一半的原因是因为奶奶。虽然奶奶现在精神头很好，但是将来有朝一日也会需要人护理，可能要去养老院。心高气傲的奶奶肯定看不上那些普通的养老院。

也是为了奶奶，我才在距离事务所两站远的热闹地段，租了这一栋独门独户的房子，因为奶奶习惯住日式的房间，如果没有榻榻米和被子的话，就睡不着觉，要大吵大闹。

在房子屋檐下，垂吊着很多柿子，此时沐浴着朝阳，像一面橘黄色的帘子似的。柿饼马上就要做好了，我正打算这几天去收。

奶奶突然说要结婚，如果还是为了顾及我的将来，那真是没有比这更糟糕的事了。

我其实对我现在的生活挺满意的。

我步行向工作的山田川村津津井律师事务所走去，只距离两个车站的路程，所以为了减肥，我平时都是走着去上班。但是，这么一点运动量，完全瘦不下来。

刚来到我的办公室门口，就看到一位稀客像门神一样挺立在那里。

"怎么来得这么晚？"

来者是一位名叫剑持丽子的律师。

她环抱着胳膊，声音听起来有些不高兴。

剑持律师穿了一身西装西裤，勾勒出她的好身材，长发披肩，像雄狮的鬃毛一样随风飘舞。

剑持律师比我早一年进公司，和我在同一个部门，我们经常一起工作。她使唤人时态度很粗暴，是个很有气场的人，有时候让人有些害怕，但是我却能做到心平气和。可能是因为我从小就习惯了照料任性的奶奶，心理素质已经被锻炼出来了吧。

即便如此，我还是不喜欢剑持律师。

听说，剑持律师毕业于东京的一所知名的初高中一贯制学校，考上了名牌私立大学，并且一次性就轻松通过了司法考试。她家庭很富裕，长得也漂亮，身材也很好。紧身的西装西裤，我完全不敢尝试，可是剑持律师却可以轻松驾驭。站在她旁边，我会觉得自己惨不忍睹。所以，我不喜欢剑持律师。

不仅如此，今年年初的时候，剑持律师以奖金发得太少为理由，辞掉工作，休息了几个月。因为这个原因，分摊给我的工作量一下子增加了，我忙得不可开交。可是，几个月之后，她居然又若无其事地回来继续工作，这么厚颜无耻，也让我对这个人感觉到厌恶。

我看了看手表上的时间，现在是上午九点，这个时间对于律师的出勤而言还很早。

我有些警戒地开口说道:"早上好,您有什么事吗?"

剑持律师连基本的招呼都没有打,直接开门见山地问道:"你能联系上古川君吗?你和他不是关系很好吗?"

"也说不上关系很好,我们是同期。"我答道。

我和古川君是研究生同学,后来一起参加工作,又被分配到同一个部门。也正是因为如此,我们基本上不会接手同一个案子。

一般来说,根据案件规模大小的不同,参与案件的律师人数也会有所不同。通常情况下,在律师事务所会三人组成一个团队。最上面的是经验丰富的律师,接下来是中坚律师,然后配一个年轻律师。所以,如果不是那种要动员很多律师的大型案件,我和古川君就不会进入同一个案件组。

当然,因为我们是同期,经常会互相帮忙。遇到不懂的问题,会问问对方;忙的时候,会请对方帮忙分担一些调查的任务。其实,只要我礼貌地拜托古川君帮忙,古川君永远都是欣然接受,所以古川君帮我的更多。

剑持律师继续说道:"从昨天晚上开始,我就怎么都联系不上古川君了。他昨天晚上七点半的时候,匆匆忙忙出了事务所,我想他一定是去参加相亲联谊会了吧。但是,一般来说,相亲完了不是应该再回到事务所继续工作吗?"

剑持律师是个工作狂。我确实也听说,她在酒会之后也会回到事务所继续工作,早上也是从七点就开始工作了。

剑持律师继续说道："我这里有一个紧急的案件要找他帮忙。"

我拿出了手机，开始翻看着同期们的聊天记录。

"古川君好像昨天夜里发烧了，说是感冒了。"

"感冒？！"剑持律师突然增大了音量说道，我不由得向后缩去。

"感冒是怎么回事？"剑持律师瞪着我。

我很无辜地看向她。

"作为成年人，都一把年纪了，怎么可以感冒？这是危机管理能力不足的表现。好好洗手，好好漱口，累了就早点休息，这些事难道做不好吗？"剑持律师背靠在办公室门口的墙壁上，环抱着胳膊继续说着。

"古川君每天那么努力锻炼身体，居然还会感冒，是怎么一回事呢？他的那一身肌肉是装饰品吗？"

办公室的前方是开放的办公区域，摆放着秘书和办公助理们的桌子。看着气得直跳脚的剑持律师，秘书们都忍住笑，互相使眼色。

剑持律师完全不顾及周围人的反应，继续板着脸。

现在进入了十月份，早晚的气温骤降。虽然每天锻炼身体的古川君轻易就染上风寒，确实有些滑稽，但是，这不也是很正常的事吗？

我反驳道："也有人身体虚弱，感冒也是没有办法，不是吗？"

剑持律师转身朝向我，盯着我的脸。大概是被晚进事务所的后辈反驳，不是很开心吧。她用大大的眼睛紧紧地盯着我。我看不懂她的表情，是生气了，还是在思考。

我正想着下一步该怎么办才好，剑持律师单手托着下巴，一边思索一边嘟囔道："人这么容易就能感冒的吗？"

剑持律师像是在思考，说道："从小到大，我从来不记得自己感冒过啊。"

她挑起眉，像是在看珍稀动物一样，一副不可思议的表情朝我看去。剑持律师没有说假话，也没有恶意，她只是很难相信感冒这件事。

我轻轻地叹了口气。剑持律师一定是生活优越，娇生惯养，没有什么烦恼吧。所以，她不懂得弱者的心情。她一定也不会理解我的心情吧。不会理解从乡下辛苦打拼，来到大城市，借着助学贷款好不容易从学校毕业，每天一边照顾祖母一边上班的我这样的人的心情吧。

剑持律师丝毫不在意我的反应，开口说道："算了，美马律师，请你来参与这个案件。"

"啊？我来参与？"突然之间自己被点名，我抬起头，看向比自己个子高的剑持律师，想要窥探她的真实想法。

"也不是谁都可以做这个工作的。但是美马律师你的话，完全可以代替古川君的工作。说实在的，我也不愿意接。虽然还不知道案件的具体内容，但是可以确定，是完全没有钱赚的。毕竟，是家走下坡路的公司啊。但是，津津井律师是这家公司的法律顾问，所以我也没有办法，才接下了这个业务。"

津津井律师是我和剑持律师所属部门的负责人，也是这个律师事务所的创始人之一。

据说，好像就是津津井律师花了一点力气，把曾经辞职了一次的剑持律师挽留回来的。因为这个人情，所以剑持律师对津津井律师的案件也不好拒绝。

"那么，就这么说定了，咱们三点钟会议室集合。"剑持律师撂下这句话，正准备大步流星地离开。

"等、等一下，我现在手里在做的案件还有很多呢。"我赶紧说道。

听到身后传来的我的话语，剑持律师转身回头，飞速地折返回来，在我面前突然停住。

"做不了吗？"剑持律师很凶地喝道。

她身上散发出淡淡的清香，可能是喷了香水吧。近距离看的话，她的头发烫成大卷，连发梢都处理得是那么精致漂亮。勾画的眼线也是那么完美。她富有光泽的皮肤，散发着她的从容。

我和剑持律师，真是天壤之别啊。

我每天一大早起床，刚刚睁开惺忪的睡眼，就要为奶奶准备饭菜。我将饭菜装到便当盒里，趁着加热饭菜的空隙，慌慌张张地化妆。我要用双眼皮贴来贴双眼皮，要在眼袋部位仔细地涂上眼影，这样可以让眼睛看起来大一点。我还要用高光粉底让脸部呈现立体感。我需要细微弥补的不足之处有很多，所以我化妆肯定比剑持律师要辛苦很多。

化完妆之后，我开始准备早饭，喊奶奶起床，照看着她把早饭吃得精光，确认奶奶没有误咽食物之后，我才走出家门。

这些都是我从学生时代就开始的例行事务，所以我也习惯了。但是，有时候仍然还是觉得体力上很辛苦。

看着剑持律师的脸，我突然按捺不住怒火中烧。那是一张凹凸有致的精致脸，她从来没吃过什么苦，一直以来，都身处在优越的环境，人生是那么顺遂。

"不能做的话，就别做了。"剑持律师轻轻抬起下巴说道。

"我可以做！"我像条件反射一样，回答道，"我做！"

剑持律师直视着我的脸，沉默了一瞬间。

然后很快说道："OK，OK！"

剑持律师笑着转过身，大步流星地离开了。

看着剑持律师高挑笔直的背影，我还是很窝火。我心里清楚，这并不是剑持律师的错。

但是，无论如何我都无法接受。我无法接受这个世界的不公平和不合理。

我总是想，为什么我的人生是这个样子的，而为什么那个人的人生是那个样子的呢？

我强迫自己深呼吸。每当自己心中要被激烈的负面情绪吞噬的时候，我就会给内心盖上盖子。我不知道该如何从这样的状态中逃出来，但我能做的事情很有限，我只有投身工作。

"玉子律师,你还好吧,你接手的案件太多了吧?"身旁的秘书担心地询问我。

"没事的。"我强作欢颜,朝她点了点头。

2

那天下午三点,当我走进会议室的时候,剑持律师已经在等候了。她坐在六人位的上座。

律师们对于商务场合的座次是比较随意的,只有自己人参加的会议就更是如此,也没有人会讲究这些。而且,如果坐到离门口近的座位,反而会阻碍后面进来的人。所以,靠里面坐,可能是更替别人着想的行为。

我也朝会议室里面走去,坐到了剑持律师的正对面。

不一会儿,门开了,津津井律师走了进来。

津津井律师体形浑圆,圆滚滚的脸上常常浮现着亲和的微笑。他把夹在胳膊下面的文件放到桌子上,坐在了我的旁边,用不痛不痒的口吻说道:"格雷姆商会[5]好像要破产了。"

剑持律师也很平静,眉毛都没有动一下。

"格雷姆商会,是那个以贩卖缤纷雨鞋出名的公司吗?"

---

[5] 商会是指由于商业目的而成立的公司或组织,或者是商店、商社的名称。在日本,很多商社的名称会叫某某商会,文中这里的公司名称就叫格雷姆商会。

我抑制住内心的惊愕问道。

格雷姆商会,是国内著名的服装企业,它是一家专门将海外新兴品牌带回国内,进行独家代理销售的公司。

尤其是二十年前,格雷姆商会推出的缤纷雨鞋,在当时真可谓是划时代的产品,受到了年轻女性的狂热追捧。后来,格雷姆商会的原创品牌也逐渐完善,现在在服装行业中,可以挤进营业额前十名。从创立至今,应该已经有三四十年的历史了。

"很遗憾,格雷姆商会要破产了。"津津井律师脸上浮现出微笑。

这怎么是能笑着说出来的话呢?一瞬间,我对津津井律师产生了反感。

一个公司快要破产了。公司的员工也有家人,公司也有很多客户,这关系到几百上千人的生活。津津井律师应该知道破产这件事的严重性的。

像津津井律师这样身经百战的律师,可能对于公司破产这样的案件都司空见惯了。但是因为"这是常有的事"就这么麻木不仁的话,我还是无法接受。

津津井律师用低沉的语气继续说道:"格雷姆商会的畅销品缤纷雨鞋,实际上在去年,跟国外生产企业签署的独家代理销售合同到期了。在那之后,资金运转恶化,现在已经回天乏术了。没有银行愿意出手帮助他们。"

关于缤纷雨鞋的独家代理销售合同到期这件事,新闻已经大肆报道过了。

但是，关于格雷姆商会经营不善的消息，却没有看到过什么专题报道。大概是因为整个服装行业都非常萧条，所以并没有被特别关注吧。

"没有能卖的东西了吗？"剑持律师环抱着胳膊插嘴说道，"割除一部分业务，卖给其他公司，作为对价得到的现金能够为公司延长寿命，不是吗？"

津津井律师点了点头，说道："我们公司的破产法部门，正在朝这个方向摸索对策。"

我们是一家拥有超过四百名员工的大型律师事务所，根据各自擅长的法律领域的不同，分成多个部门。

以津津井律师为首，剑持律师和我所属的部门是公司法部门，专攻公司法，支持公司的日常运营。拿医院打比方的话，我们就像是内科一样的存在。而专攻破产法的部门与我们不同，他们在企业处于危急状况之时大显身手，就像对濒死的公司进行急救的急诊科。

经济景气的时候，公司法部门能赚钱，而经济不景气的时候，破产法部门能赚钱。如果同时拥有两个部门的话，就可以不受经济波动的左右，让事务所的收益保持平稳。

除此之外，事务所还有负责金融交易业务的金融交易部门。他们需要超乎常人的技巧，去收集整理繁杂的法律条文。法律宅女美法就是金融交易部门的律师。他们负责调查和处理细致的法律条款。

"现在最重要的是尽可能避免格雷姆商会破产，破产法部门正在朝着这个方向努力，就交给他们吧。"津津井律师伸手拿起带来的文件，继续说道。

"这次想要拜托你们的，是关于格雷姆商会另外的一件事情。在格雷姆商会，有一个内部投诉窗口。"

内部投诉窗口，是当公司内部发生违法违规的事或是丑闻的时候，可以投诉的窗口。很多公司除了在内部设有投诉部门，还会设置发送给外部律师的投诉窗口。

"格雷姆商会设置在我们事务所的内部投诉窗口，收到了一个不同寻常的投诉。"津津井律师分别给我和剑持律师递过来一份材料，"请你们先读读看。"

我的视线落在手中的文件上。

这是一封打印的电子邮件，因为是匿名投诉的窗口，所以没有登记寄信人和邮箱地址。

但是仅从邮件的名称上，就能感受到情况的反常。

邮件主题：接连破产的同事

请问您知道会计部门的"近藤玛利亚"吗？

她每次跳槽，都会搞垮公司。有传闻说，下一个被搞垮的很可能就是我们公司了。

近藤过去任职的三家公司全都破产了，世上有这么碰巧的事情吗？那个女人是不是用了什么违法的手段，接连搞垮公司呢？

不可以对这样一个人置之不管，这太危险了。认真工作的人就像是傻瓜一样。希望她可以得到处罚。

邮件读完了，但是我和剑持律师谁都没有开口说话。说实话，我不知道该如何处理。为保险起见，我又从头到尾仔细读了一遍，可是我的内心仍旧是混乱的。

一般来说，内部投诉大多是关于职权霸凌或是职场性骚扰。不仅仅是公司内部的人，客户对公司的投诉也屡见不鲜。比方说，销售部门负责人偷偷在营业额上弄虚作假、吃回扣等。

但是，从来没有听说过，一个女人就能搞垮公司这样的投诉。

剑持律师似乎也有些不知所措。一直盯着文件，眼睛眨也不眨，愣在那里。

"呃，这是怎么回事呢？"我战战兢兢地问道。

津津井律师饶有兴趣地露出笑容。

"总之，这是一起连续杀'法人'事件吧。我也不是很清楚。接下来，你们的工作就是去调查不清楚的地方。"

剑持律师抬起头，皱起了眉头。

"真是荒谬啊。"

那天晚上，剑持律师发着牢骚，走进我的办公室。

她一只手端着一杯黑咖啡，当然，那是给她自己喝的，并没有我的份。

"调查这么愚蠢的事情，津津井律师是认真的吗？"

在今天白天的会议上，剑持律师与津津井律师狠狠地争辩了一番。她认为没有必要调查这种缺乏具体投诉内容的投诉。以一个普通人的力量搞垮公司是不可能的。也可能这个女人只是碰巧跳槽到了陷入颓势的公司而已。

这些说法都是非常有道理的，但是，津津井律师却非常顽固。

"所以，仔细调查这个投诉是否是恶作剧，这是你们要做的工作。"津津井律师丝毫没有让步。

的确，既然收到了投诉，就不能什么事情都不做。律师必须做调查，即便只是形式上走个过场。

他们两个人就这么你一言我一语地争辩着，散会的时间到了，三人各自散去，投身到了自己的下一项工作。我们律师要同时负责多个案件，不能只拘泥于一个案件。

等到今天安排的工作大体上完成，好不容易放松下来，已经是深夜十一点多了。我突然想起了今天的格雷姆商会的案件，剑持律师也是同样的情况吧。

"真的要调查这个吗？"我问剑持律师。

她眉头紧皱地回答："只能做呀，领导都那么说了。"

剑持律师在我旁边的椅子上坐下，苦着脸，仰着头看向天花板。剑持律师也在忍耐吧。

"真是的，为什么古川君偏偏在这种时候感冒卧床，真不敢相信。"剑持律师一边抱怨着，一边摇晃着椅子的滚轮。

"算了，你先联系一下格雷姆商会的内部投诉负责人，让他把近藤玛利亚的简历发给我们，我们先确认一下她的工作经历吧。"

"关于这件事。"我客气地插嘴说，"今天白天，我已经联系了格雷姆商会，并联系上了管理部门的董事安西先生。"

通常情况下，对于内部投诉的处理办法，是有提前规定好的一定的处理程序的。而格雷姆商会的规定是，首先必须要迅速联系投诉窗口的负责人，报告给他们有人投诉这件事。

"安西先生说因为法务、投诉部门的负责成员都接连离职了，没有人回应投诉。总务科的员工们都在想办法应付合同的问题。目前，格雷姆商会根本无法应对内部投诉，所以想请我们律师酌情调查。"

我看得出来，剑持律师的表情不知不觉变得僵硬。

"什么叫酌情调查？"剑持律师环抱着胳膊，看起来心情不太好的样子。

"目前对于公司而言，他们也没有多余的精力了吧。"不知道为什么，我站在公司那边替他们辩解道。

剑持律师说道："陷入颓势的公司，因为快要破产了，所以员工们陆陆续续辞职了？"

我回答说："也有这方面的影响，但安西先生也抱怨说，本身这家公司就是人员调换很频繁的公司。"

剑持律师突然站起身来，说道："真是的，就是因为格雷姆商会的管理这样漏洞百出，随随便便，敷衍了事，才会破产的不是吗？总之，不管怎么说，先拿到近藤玛利亚的简历。"

说着，剑持律师走出了我的办公室。

——"管理漏洞百出，随随便便，敷衍了事，所以才会破产。"

剑持律师真的是什么也不懂，弱者的心情、陷入困境的人们的心情，她真的是什么也不懂。

焦躁不安的同时，不可思议的是，我的心情居然会有些喜悦。

每当我找到剑持律师的弱点，我就会很开心。从剑持律师的言行举止当中，我感受到了她的不成熟。每每这个时候，我就能轻视她。这一点令我很开心。

我尽可能地将剑持律师不成熟的言行都记在脑子里，想要储存在自己心里，一有机会就拿出来，仔细端详，找找乐子。像我这样家庭条件不好的人，应该有做这点事情的权利吧。

那天夜里，我给负责这件事的董事安西先生发送了邮件。为了调查内部投诉，拜托他发送一下近藤玛利亚的简历。

但是，安西先生两天之后才回信。

"格雷姆商会在这方面真的不行，回应也太慢了。"剑持律师一边看着发来的简历,一边说道。

我们又在事务所的会议室里碰了面。

剑持律师继续说:"一有投诉就立即调查,这难道不是公司的铁律吗?"

明明几天前,剑持律师还在和津津井律师极力争辩说"没有调查的必要"。可是一旦决定调查起来,还是很起劲儿的。

她说:"这样赚不到钱的案件,就得干脆利落地快点解决掉。"

但是我不知道这话当中有几分是真心的。本来剑持律师就是津津井律师身边的红人。我不无恶意地臆测,剑持律师之所以这么干劲十足,是不是想让津津井律师觉得即便是琐碎的案件,她也能够毫不疏忽地完成,从而提高津津井律师心中对她的评价呢?

"不管怎么说,这确实是一份很奇怪的简历。"剑持律师说。她手中的简历上,这样写道:

二十二岁	进入小野山金属公司
二十四岁	小野山金属公司申请破产、被解雇
	进入丸幸木材公司
二十六岁	丸幸木材公司申请破产重组、被解雇
	进入高砂水果公司
二十九岁	高砂水果公司申请破产、被解雇
	进入格雷姆商会
三十一岁	格雷姆商会任职至今

近藤玛利亚，三十一岁，家住新宿区神乐坂。

近藤毕业于东京市内知名私立大学。二十二岁毕业后，入职小野山金属股份有限公司。二十四岁时，小野山金属破产，员工全部被解雇。之后不久，近藤入职丸幸木材公司。但是，她入职公司不久之后，丸幸木材公司就申请破产重组，近藤在二十六岁时被清理解雇了。她入职的下一个公司是高砂水果股份公司。高砂水果在近藤入职公司三年左右的时候破产了。

之后，她又入职了我们的客户格雷姆商会。自她入职公司到现在正好过了两年。

"确实，到目前为止，她所就职的公司，都是在她进公司两三年之后就垮掉的。"我说道。

剑持律师接着我的话说："之后，就是进入格雷姆商会工作，两年后，格雷姆商会又面临破产的危机。"

但是，如果说是这个叫近藤的女人接连把几家公司搞垮，一时间让人无法相信。

"会不会她只是单纯运气不好呢？有那种倒霉到不行的人，接连不断地遇到不幸。世上也有这种人的吧？"

剑持律师听了我的话，陷入思考，她说："真的会是这样吗？如果她是个没有能力的人，只有经营不善的公司会接受她，她在恶劣的环境当中，像浮萍一样飘摇，生活陷入窘境。那么这种可能性是有的。可是你看，这个名叫近藤的人，大学毕业之后，自始至终从事的都是会计工作，专业性也很强，还拥有簿记一级的证书。"

剑持律师指着简历上的资历栏,继续说道:

"而且你看,这个人每次跳槽后,年收入都会上涨一些。所以说她是有能力的。每次公司垮掉后,她自己都能上一个台阶。"

我看向跟简历附在一起的近藤的职务履历表。

近藤的年收入从两百八十万日元开始,三百三十万日元,三百七十万日元,一直在上涨,现在,她在格雷姆商会的年收入是四百五十万日元。对于一个三十一岁的女性而言,这样的收入已经很了不起了。

"但是还是很奇怪。如果是有证书的专业会计,不是可以去年薪更高的公司吗?仅仅四百五十万日元就满足了,这一点也让人感到有些不自然。"剑持律师皱着眉说道。

我忍不住插嘴说:"不过,我觉得人也不是仅仅根据薪水来选择公司的。"

但是,确实近藤对公司的选择有些不自然。

第一个就职的公司是"小野山金属"。小野山金属是以制作金属炊具起家的,是一家向百货商店、大卖场等批发厨房用品的公司。接下来是丸幸木材公司,是木材批发商。第三家公司是高砂水果,是贩卖水果的公司。现在就职的格雷姆商会,则是服装销售公司。尽管这几家公司有共同点,都是从事物品销售业,可是主营商品却完全不同。虽然,入职后近藤自始至终都是从事会计这个职业,但是行业选择确实是形形色色，有些杂乱无章，让人觉得有些奇怪。

我的视线落到了简历的照片上。

黑色的头发从后面扎起来，额前的刘海梳成应聘时常见的三七分，外眼角有一颗显眼的黑痣。瓜子脸，是个美女，整体看上去面容很清爽，但不是那种会让人印象很深的人。

"怎么办？"我问道。

剑持律师稍微停顿了一下，开了口："没办法，只能再稍微调查一下了。就算这个投诉是谣言，也必须要确认一下，证明它是谣言才行。我们去查一下各个公司破产的原因。查到这个叫近藤的女人和破产没有关系，我们就可以结束调查了。"

我盯着手上的简历，叹了口气，调查已经破产的公司破产的原因，也应该比较麻烦吧。

当我指出这一点的时候，剑持律师吃惊地笑道："你说什么呢，先从近处开始调查就好了。首先，我们去调查一下格雷姆商会为什么快要破产了。我们事务所的破产法部门正在商量对策，我们去问一下破产法部门吧。"

"去问一下？不会是去问川村律师吧？"我愁眉苦脸地说道。

川村律师是破产法部门的负责人。他和津津井律师一样，是事务所创立之时的成员之一。正因为如此，他是事务所的合伙人之一。

我从来没有直接和川村律师说过话。川村律师的外表看起来很凶，肌肉紧绷，肤色微黑，不知道为什么一直戴着一副茶色的眼镜。光看外表的话，像黑社会一样。听说他怒吼的声音曾经把部下的鼓膜都震破了。不过那应该是别人的杜撰吧。

"没事的，川村律师是个通情达理的人。他也是个优秀的律师。"

剑持律师手肘撑在桌上，轻轻翻转手掌。不知为何，她用一种高高在上的口气来评价川村律师。

剑持律师继续说："可比津津井律师好对付多了。"

川村律师是在业界广受好评的破产法律师，深受委托人的信赖。

但是我不喜欢高压的人，也不喜欢怒吼声。我感到压力很大，又叹了一口气。

那天下午，我和剑持律师结伴，向破产法部门所在的楼层走去。

在我们律师事务所，不同的法律部门，分在不同的办公区域。因为我们所处的公司法部门中女性律师较多，而且工作基本都是在电脑上完成，所以整个楼层都比较整洁考究。

与我们形成鲜明对比，破产法部门的楼层与我们大为不同。

带传真功能的打印机摆成一排，电话一刻不停地响着。据说，现在律师和法院的沟通，依然还在使用传真。

整层楼都弥散着香烟的味道。办公室应该是禁烟的，但是因为抽烟的律师很多，他们的西装和随身物品上面都浸染着烟的味道。剑持律师目不斜视地大步向前，穿过满是纸盒和文件的过道。她走路的速度太快，我光是跟着都快要喘不过气来了。

"真是的，这个地方不管什么时候来，都是这么脏。"剑持律师说着，把掉在过道上的空塑料瓶捡起来，投进了旁边的垃圾桶。虽然离垃圾桶还有好几米的距离，但是剑持律师投得很准。

"不会收拾整理，办公就没有效率。"

确实，虽然剑持律师看起来粗心大意，但是却意外地很爱干净。或者换种说法，剑持律师身边没有什么多余的东西。

律师要在自己的办公桌前度过每天的一大半时间。因此，有很多人会在办公桌上摆放家人或宠物的照片。比方说，我的桌子上也摆放着和朋友去夏威夷旅行的照片。电脑上也罩着自己喜欢的花边罩子。如果不把办公桌装扮得可爱一点，感觉就不会有继续工作的热情。

而剑持律师的桌子上，就仅仅孤零零地放着电脑和键盘。她的物品总是很少。她应该是个除了工作以外没什么乐趣的人吧。

剑持律师倏地停在了拐角的办公室门前，说道："就是这里。"

刚说完，剑持律师一刻也没有耽搁就敲了门。

之后，剑持律师在得到对方回应之前，就推开了门，说了句"打扰了",走进了办公室。

我踏着小碎步,跟在剑持律师后面溜进办公室。

坐在办公室内侧的川村律师抬起了脸。

在川村律师那张晒黑的方脸上,挂着一副不愉快的表情,他一言不发。和传闻中一样,他的表情严厉,体形不胖也不瘦,整体看上去不是很好亲近,看起来就像是一只大猩猩。

一瞬间,我和川村律师四目相对,我不自觉地把目光瞥到一边。和神色可怕的男人视线交会并不愉快。

而剑持律师却仿佛毫不在意似的,用平常的语气说道:"感谢您抽出时间接待我们。"

川村律师将视线移回到了手中的资料上。

"晚点再说,我现在在忙。"

相比于传闻的大嗓门,川村律师的音量还算正常。声音虽然沙哑,但发音很清晰。

川村律师的话直截了当,传达出明显的拒绝的意思,就好像是在说"我很忙,没有时间应付你们这两个黄毛丫头"。

我很不喜欢这种氛围,让人感觉浑身不舒服。

我不由自主地说:"不好意思,我们之后再来打扰。"

我一边说着,一边对剑持律师使了个眼色。但是剑持律师好像没看懂似的,丝毫不以为意。

"我们应该已经事先通过秘书跟您确认了时间。"剑持律师用义正词严的语气说道。

然后,她没有征得川村律师的许可,就自说自话地坐到了房间中间的沙发上。我也慌忙地坐到剑持律师的旁边。

律师事务所会给最顶级的律师配备这种宽敞的房间。在会客沙发旁边，还铺着高尔夫推杆练习垫。让我联想到电视剧里面出现的昭和时代的社长办公室。

"那么，之前拜托您的案件，可以麻烦您讲解一下吗？"剑持律师摆出一副工作专用的笑脸，用客气的语气说道。

"你说拜托的案件，是什么案件？"

川村律师的脸依旧朝向手中的资料，只有视线向上，看向我们。透过茶色眼镜的镜片，他细长的眼睛里闪烁着精干的光芒。

剑持律师平静地回答道："关于格雷姆商会经营恶化的原因。"

川村律师把手中的钢笔慢慢地放在桌子上。

"你们和我分属的部门不一样，受理的案件也不一样。"

川村律师的声音如烧酒般浑厚。

"在客户内部，我们负责的部门也不一样。我的案件信息是不能告知你们的。"

说完，川村律师狠狠地朝我瞪了一眼，又将视线落在手中的文件上，还好像很不耐烦似的咂了一下嘴，翻了一页文件。这让我变得有些不安，是不是我们破坏了川村律师的心情？我打心底感觉到不好受，不喜欢面对这种让对方心情不好的状况。一般在这种时候，我会选择委屈自己，改变自己的主张，毫不犹豫地道歉了事。

我转头看向旁边的剑持律师，她一脸若无其事，非常放松，那表情就像是吃完午饭在品尝咖啡似的。

川村律师有五十多岁，是比我们多三十年经验的老资格律师。而且听说他从年轻的时候开始，就和津津井律师是竞争对手关系，我们是津津井律师一手培养的，就算把我们当成眼中钉也不奇怪。

"我们事先已经与格雷姆商会取得了联系。格雷姆商会负责的部门也向我们承诺，可以跟您共享事务所内部的信息。"

"我并没有听说。"川村律师毫不客气地说，眼睛都没有往旁边瞥一下。

"川村律师，您没有看邮件吧，快请看看吧。"剑持律师一边说着，一边指着川村律师桌上的手机。

川村律师在事务所当中出了名地不擅长使用电子产品。他发的邮件里面错字很多，而且也很少检查邮箱。即便如此，川村律师还是深受客户的欢迎。可能是因为有优秀的秘书和年轻的律师协助他，所以总体来说，业务进行很顺利。

虽说如此，但是川村律师自己也知道自己的这个弱点。被剑持律师毫不客气地指出了缺点后，他皱紧了眉头。

川村律师借口现在忙，想把我们这样的年轻律师打发回去；借口说不太擅长电脑，所以不去检查邮件。这样的川村律师真让人头疼。但是，剑持律师的态度也有些过于妄自尊大了，命令男人去做他自己不擅长做的事情，他们肯定会犯倔的。

我决定给川村律师找一个台阶下,于是小心翼翼地开口说道:"川村律师,在您如此繁忙的时候打扰您,十分抱歉。我们公司法部门也意识到格雷姆商会案件的重要性,认为必须要采取对策。但津津井律师身为格雷姆商会的法律顾问,却几乎不了解格雷姆商会的财务状况。"

实际情况是,津津井律师很早以前就了解到格雷姆商会财务状况恶化了。经营不善的企业不可能有大额业务,如果没有大额业务的话,公司法律师的腰包就不能充盈。因此,津津井律师早就把格雷姆商会视作是"赚不到钱的客户",置之不理了。

虽说如此,但在这种局面下,我觉得通过贬低津津井律师,给足作为对手的川村律师面子,才是上策。

"因此,我们非常需要川村律师您的帮忙,拜托您了。"我谦逊地低头鞠了个躬。

旁边的剑持律师小声说道:"本来就是分内的工作,协助我们是理所应当的。这种不低头就不协助的做法,本身就是不对的。"

我对剑持律师的话置之不理,继续保持着鞠躬的姿势一动不动。三秒、四秒,大约过了十秒种。

"好了好了,我知道了。请把头抬起来。"川村律师说道。

我没有立刻抬起头来,而是又恭敬地说:"非常感谢。"

说罢,才抬起头来。

"在您如此繁忙的时候麻烦您,真的十分抱歉,拜托您协助。"说着，我又一次低下了头。

这种事情，一定要做得过一点，才是刚刚好，这叫礼多人不怪。

"好了，好了，抬起头来吧。津津井的手下也有这样有潜力的孩子嘛。下次一起去打高尔夫怎么样？"

川村律师的态度与刚才相比，简直是一百八十度大转弯。他的脸上转而露出了笑容。

剑持律师张着嘴，吃惊地看着这一幕。

"好的，但是我的高尔夫技术很差的。"我歪着脑袋轻轻说，"我是为了穿可爱的高尔夫套装，所以才开始打高尔夫的呢。"

这样的装可爱，也是做得过一点，才是刚刚好。

"没关系的，飞到别处的球，哀田会跑过去捡回来的。"

哀田律师，是一个近四十岁的律师，被称作破产法部门川村律师的左膀右臂。可是实际上，只是经常被川村律师肆意使唤。

通常情况下，律师工作十年左右，到了三十多岁的时候，会进行"合伙人审查"。

所谓"合伙人"，就是能够自己获得客户，共同经营事务所的成员。

简言之，有希望通过自身的能力来获取客户的律师就会成为"合伙人"。除此之外的律师不得不决定是离开事务所，还是辅助其他合伙人。

虽说哀田律师有着十足的实力，但现在仍未成为"合伙人"。听说是因为他很好使唤，所以川村律师不肯放手。

"对了，格雷姆商会的案件也交给哀田了，明天就让哀田带你们去公司吧。"

川村律师拿起桌子上的电话，气势十足地说道。

他通过内线电话给秘书下达了命令。明明一走出办公室，就是秘书的办公桌，可川村律师却连座位都不离开，直接打内线电话。确实，也有很多律师无论什么事都通过内线电话来解决。

我们又和和气气地交谈了两三句，离开了办公室。一开始就这么和气地、温柔地应对不就好了吗？剑持律师却那么意气用事，让事情变得麻烦。

回到我们自己的办公室后，剑持律师噘着嘴，问我："你为什么要那么低声下气？"

我也无法理解剑持律师那种口无遮拦的说话方式。这种大叔，适当地奉承一下，向他示弱，能够顺利推进工作不就好了吗？

我答道："因为这样做，能让事情进展顺利呀。事实上，我一低下头，事情不就顺利谈妥了吗？"

剑持律师不满地抱着胳膊说："没那回事。川村律师虽然给人强硬的感觉，但还是个通情达理的人。不必点头哈腰，那之后和他多争论几次的话，他也会听从我们这边的要求的。"

剑持律师这话，我不知道有几分是真的。

说到底，还是不满意通过我的表现来谈拢工作吧。

"不过，也无所谓，无论如何还是谢谢你啊。"剑持律师若无其事地说着，回到了自己的办公室。

她的那种不在意的样子，反而让人窝火。如果剑持律师嫉妒我，或者对我心怀叵测的话，我的心里还能更好受一点。剑持律师根本不把我放在眼里。她也不是看不起我，而是从根本上就对我漠不关心吧。

我感觉到心中的负面情绪碎片一点点地累积。无论如何，我都想看到剑持律师厌烦、痛苦的表情。

我不知道自己在憎恨些什么。如果硬要说的话，我讨厌所有在我"上面"的人。如果所有在我"上面"的人都陷入不幸就好了。到了那个时候，无论怎样向我求助，我也绝对不会伸出援手的。我一边想着，一边做完了那天剩余的工作。不可思议的是，工作进展得很顺利。平时过了深夜零点才能回到家，那天晚上十点钟就到家了。

回到家之后，映入我眼帘的却是奶奶脸朝下，趴着倒在小矮桌上的情景。

"奶奶？"

我小声喊道，跑到奶奶跟前。

奶奶一只手伸长着，身体的其他部分像虾一样蜷缩着。很明显，并不是睡着了。她的眼睛紧紧地闭着，脸颊痛苦地扭曲着。

奶奶伸长的手心里，捏着一个柿饼，是我做的，被咬掉了三分之一左右。一瞬间，我脑海里浮现出最坏的情形。我的心底发凉。奶奶八十二岁了，什么时候发生什么事情，都不奇怪。我一直不敢去想那方面的事情。这种情况突然出现在我的眼前，一时间太过震惊，身体都动弹不得了。

我把包放到地板上，突然没了力气，膝盖震颤。奶奶身上披着的粉红色的编织毛衫，纹路鲜明地呈现在我眼前。从房间里开着的电视机里，传出了体育新闻的声音，可是，到底播的是什么内容，完全进不了我的大脑。

我似乎连呼吸都忘记了。等我恢复了意识，大口大口地调整呼吸。我像喝醉了似的，左右摇摆着，提心吊胆地把手放到奶奶的鼻孔下。我的指尖掠过一丝温热的吐息。

还有呼吸！

奶奶还在呼吸。

我一把抓住奶奶的手，她手里还握着柿饼。她手上还残存着温热。她只是失去意识了。一瞬间，各种各样的病名浮现在我脑海里。无论如何，必须迅速治疗，不能耽误救治的时机。

我冷静下来，立即拿出电话，叫了救护车。

"奶奶！奶奶！"在救护车到来之前，我一直在呼唤着奶奶。

"奶奶，没事了，没事了。"我不知道自己在对着谁说话。我似乎感觉到小矮桌的木纹一动不动地看着我，好像是在嘲笑我说，不管如何呼唤奶奶，也无济于事。但我仍然不停地说着。如果不说些什么,我会崩溃的。
"奶奶,你不是说要和帅爷爷结婚吗?所以一定没事的。"
我一边说着,一边痛恨自己的不幸。
我的人生,总是一直在被剥夺的人生。

每当我努力慢慢积累,却总是从脚下开始崩塌。不管我怎么努力,也没有办法翻身。
从我的身后吹来冷风,我才发现玄关的门好像一直开着。
我打了一个喷嚏,紧紧握着的奶奶的手还很温暖,只有这一点,让我感觉到了一丝希望。

3

我们上了救护车,十分钟之后,奶奶恢复了意识。虽然还不能张口说话,但是可以慢慢地眨眼了。据医生说,是心肌梗死。
到达医院之后,奶奶立即被送进了紧急抢救室。虽然医生告知我可以回家了,但是我完全没有心情回家,在等候席坐着等了一夜。我身上穿着工作时的服装,外面套了一件外套。昏暗的医院里很冷。穿着连裤袜的脚冷得发痒。等待的时间无事可做,我累得筋疲力尽。我想闭上眼睛睡一会儿,但是却因为太过紧张而睡不着。

心急如焚地度过了几个小时后,护士过来喊我。

"发现得早,真的是不幸中的万幸。"医生对我说。

当血管堵塞的时候,多早进行治疗,能够决定人的生死。像奶奶这样的老年人,大多都患有许多基础疾病,生存率并不是那么高。这次因为奶奶病情发作之后,我马上就发现送了医院,才能挽回一命。

我的心情复杂。

昨天,我因为不喜欢剑持律师的态度,心情急躁。不可思议的是,心情急躁居然提前把工作做完了。多亏了这样,奶奶才留住了性命。虽然俗话说,害人终害己,但对于我而言,诅咒别人却帮助了我自己。

清晨时分,奶奶的情况稳定下来了。我暂时回了家,整理了毛巾睡衣等住院必要的东西,送去了医院,还在商店买了一些日常用品。一系列手续办完之后,才不过早上十点半。我的脑袋昏昏沉沉,每过几分钟就打一次喷嚏。但却异常有精神,想睡也睡不着。我想,可能到了下午就困了,不想睡就一直醒着,直到筋疲力尽,到极限的时候再沉沉睡去就好。

我决定去上班,虽然也想留在奶奶身边,但是我不忍直视虚弱的奶奶。奶奶身体已经安稳下来,我也没什么能做的,即便在奶奶身边也无济于事。那还不如去努力工作,毕竟住院也要花钱的,我这样对自己说。

我想要转换一下心情,走进了医院的咖啡店,买了一杯热咖啡。当我一只手拿着咖啡,正要走出店门的时候——

"咦？玉子？"从身后传来男人的声音。

突然被叫到名字，我的肩膀不由得震颤了一下。转过身一看，身后站着一位穿着白大褂的胖男人。

看到那张像是被挤压过的青蛙似的脸，我想起来了。

"啊，你是前些日子联谊会上的……"

我也忘记装出可爱的声音，露出自己本来的嗓音。

他就是在之前相亲联谊会上见过的，长得不好看的医生男。那次是为了美法而张罗的相亲联谊会，商社男和医生男参加了。我已经不记得他的名字了。虽然在当时情绪很高涨，其实对于不感兴趣的男生，我根本记不住名字。如果是在平时的话，我也许会随便支吾过去，可是今天全都表露在脸上了。

"前几天太感谢了，我是筑地。"

大概是察觉到我忘记他名字了吧，医生男自报了姓名。

"我在这所医院的放射科工作，玉子小姐你呢？"

不知不觉，他把对我的称呼从玉子改成了玉子小姐。他可能有自己的顾虑吧。确实，筑地那时说自己在离酒吧不远的医院上班。在这附近没有几家综合性医院，这是离我家最近的综合医院了。

我连表示惊讶的气力都不剩了，说道："昨晚，我奶奶病倒了。幸运的是，挽回了一命。我暂且要回去工作。"

筑地的小眼睛眨动着。

"那可真的太辛苦了。"说话方式并不算坏。

没有令人不悦，也不是同情，给人比较轻松的感觉。

"今天这种情况，玉子小姐你回去好好休息一下怎么样？虽然你工作一定很忙。"筑地意外地温柔，让我的心情似乎缓和了。但是一想到工作的事情，我的心情就又紧张起来。像我这样的人，如果连工作都不好好做的话，可能会落入更悲惨的境地。

"谢谢你的关心。我还好，奶奶的身体状况也稳定了。"

"是吗，那太好了。"

筑地停顿了一下，转移了视线。

"等事情都安定下来，咱们一起吃个饭怎么样？玉子小姐好像很疲惫，这种时候最好去吃点好吃的东西，我来请客。"

"嗯，等安定下来后，一定。"

关于和筑地一起吃饭的事情，并非形成了具体的想法，只是作为客套话，像自动回答一样说出了口。我向筑地微微鞠躬后离开了咖啡店。

虽然没有发生什么特别的事，但是我的心情变得轻松了许多。可能是筑地无意间说的那句"真的太辛苦了"的原因吧。

我讨厌被别人同情，但又想让人理解我的不容易，心情真是复杂。

等我到事务所，已经是接近中午时分。本来就有些律师是夜猫子，过了中午才去公司，所以我晚来上班也并不显眼。

我没有放慢自己的速度，向办公室走去，意料之中，剑持律师站在那儿，穿着出外勤的黑色大衣。

"太慢了，太慢了，马上就到集合时间了。走吧。"

今天有外出的计划。

剑持律师没有理会我的反应，大步流星地走了出去。

我在她的身后跟着。我注意到剑持律师手上的包，一看就是名牌货。这种暴发户爱好让人厌恶。

我虽然赚钱也不少，但是想把钱用在更实在的东西上，所以一直在存钱。

一时间，我的脑海里浮现出了奶奶的身影，但是立刻克制住了。好不容易过来上班，我决定工作的时候不考虑其他的事。

我没有跟公司的任何人讲奶奶病倒的事。

在这个世界上，只有能把自己百分之百地投入到工作中的人才能生存。如果被别人知道自己的生活出现问题，会被当作"照顾对象"，排除在大型案件之外。例如，生了孩子的女律师，会很现实地被换到企业的法务部工作。

当然，在这样残酷的环境当中，也有像剑持律师一样毫不费力就能大显身手的人。正是因为这样，我不想被剑持律师看到我的弱点。

我们在事务所门口拦住一辆出租车，前往位于汐留的格雷姆商会本部。

格雷姆商会有一座自己建造的十二层的大厦。建筑年限已经有二十多年了，并不是新建筑，但对于一家员工不足两千人的公司来说，也算是非常气派了。只是，靠近一看，就能注意到，大厦的窗户没有擦亮，上面全是雨水的残垢。大厅入口的垫子边缘处也卷着。

接待处一个人也没有，警备用的襟翼闸机也断开了电源。

一个坐在接待处沙发上的男人站起身来，走近我们。

他就是哀田律师。

"剑持律师，美马律师，今天请多多关照，劳驾您二位跑一趟。"

明明是我们拜托他带我们来格雷姆商会的，他却说话态度如此谦卑。哀田律师身形瘦长，细长的脸庞，耷拉着的眉毛，给人一种软弱的印象，像一只干瘦的山羊。

可以很容易联想到哀田律师是如何被强势的川村律师颐指气使的场景。

"好，我们走吧。"

不知道为什么，剑持律师带头向前走去。明明应该是第一次来的办公室，但剑持律师就像是在自己家似的旁若无人地走着。

我们走过接待处，乘坐电梯，到了三楼。哀田律师带我们来到了位于走廊角落的书库室。书库室位于垃圾放置处的旁边，是一个没有窗户的房间。

大概二十叠面积的房间，书架整整齐齐地排列着。房间里飘浮着旧书纸特有的干燥气味。不知是不是被这种气味刺激到了,我突然感觉到头晕,但还没有到晕眩的程度,只是轻微头痛。为了不让哀田律师和剑持律师察觉到,我悄悄地用一只手按压我的太阳穴。

"您没事吧?"

从旁边传来了一个温和的声音。我吃惊地转头,一个微胖的女人朝我这边跑过来。书架旁边的狭窄空间摆放着办公桌和折叠椅。她好像从刚才就一直坐在那里。

"您是头痛吗?我有止痛剂,如果需要请用吧。"

女人一边这么说着,一边看着我的脸。我们距离很近,四目相对。

她长着一张圆圆的脸,大大的圆眼睛闪烁着波光,脸形像洋娃娃一样。虽然几乎没化妆,但是皮肤非常细腻,散发着光泽。

"没事的,不好意思,谢谢你。"

我一边说着一边微微低下头,往后退了一步,注视着那个女人。

她身材微胖,个子不是很高。整体的感觉让人联想到洋梨形的套娃。从肌肤光泽来看,说二十五岁也有人信。但是,从她简单扎在脑后的黑发和身上穿着的稳重的灰色连衣裙,又感觉她应该有三十多岁了吧。

"您好,只野女士。"

哀田律师微笑着向女人打招呼,然后转身朝向剑持律师和我,向我们介绍:"这位是格雷姆商会的总务科长只野女士。"

只野女士拿出了名片。我们也拿出名片，进行了交换。

"不好意思，约您几位来这么狭窄的地方。本来应该预约一个会议室的，但是在这边交流的话可以更快一些。"只野女士不紧不慢地说道。

"只野女士对这件事最熟悉，所以请她一起列席。"哀田律师向我们解释说。

只野女士微笑着，嘴边露出一个小酒窝，很可爱。

"有什么问题你们尽管问。但是我是跳槽进入公司的，三年前刚进公司，不清楚公司的陈年往事。"

我们一边三言两语地寒暄着，一边各自坐下。我穿着连衣裙，膝盖内侧碰到了椅子上的金属，冰冰凉凉的。

"我们今天来是因为想调查一件事。"剑持律师开门见山地提出。

"您想问的是，格雷姆商会经营不佳的原因吧？"哀田律师接着剑持律师的话说。

"只野女士，那个合同……"

只野女士迅速站起身来，走向里面的三层书架，然后很快抱着一本文件回来了。

"经营不善的原因有很多，最大的原因就是这个。"

哀田律师打开了只野女士拿来的文件，指着一份合同。合同的标题是"独家销售合同"。

"啊，这就是去年传得沸沸扬扬的解约事件。"剑持律师插嘴道。

哀田律师苦着脸，开口说道："格雷姆商会的主力商品是从法国兰德公司采购的服饰，占销售额的四成。格雷姆商会和兰德公司签订了长期的独家销售合同，所以兰德公司不能将产品批发给其他厂家，也无法直接进行产品销售。正因为如此，格雷姆商会的销售额才一直很稳定，可以说这是支撑格雷姆商会营业额的最重要的合同。"

哀田律师翻了几页合同，指着其中的一个条文说道："请看这里。"

原文是英文，大致的内容如下：

第三十九条（期间）本合同的有效期为××××年1月1日至同年12月31日。

这是常见的合同期限规定。到去年年末，合同期满，独家代理销售合同终止，没有再续约。

"是重新签订合同的谈判进展不顺利吗？"剑持律师问道。

哀田律师摇头："不，不是这样的。虽然很不可思议，但是实际情况是大家都认为合同里面有自动续约条款，所以没有商讨再次签约，一无所知地迎来了合同期满。"

"自动续约条款？"剑持律师惊讶地反问。

所谓自动续约条款，是指"在合同有效期满的某个月前，只要其中一方没有提出终止合同,就视为以同样的条件继续签约"。

把这个条款加进合同的话,即使什么都不做,合同也会继续生效下去。这样可以省去每年重新签合同的麻烦。在长期合作的企业之间,经常会加入这样的条款。

"据说之前的合同里面一直有这个条款,十年前签订的合同,每年都会自动续约。但是,正好在一年前,兰德公司提出了修改独家代理销售费的申请。"

"是想提高销售费用吗?"

哀田律师再次摇头:"不,兰德公司提出想降价。"

"这样一来,对于格雷姆商会来说,提议是很划算的。因为他们为独家销售支付的手续费会变得更便宜。"

只野女士对剑持律师点了点头。

"当时就有人质疑兰德公司为什么会提出对格雷姆商会有利的申请。兰德公司的说法是汇率如何如何,但是也无法让人完全释然。身为合规经营负责人的安西董事也指出,应该进一步详细调查,但是销售部对这个申请强烈赞同,后来就不了了之了。感觉我们当时是被兰德公司的花言巧语欺骗了。现在回想起来,才发现原来是这样……"

"我们去现场进行了听证,事情好像是这样的。"哀田律师接着说,"为了修改独家代理销售费,双方公司在一年前交换了新的合同。因为只是改变金额,所以之前合同里面的自动续约条款也包含在内。至少直到合同草案阶段是包含的。"

"直到合同草案阶段?"

"是的。兰德公司提出的合同草案里包含了自动续约条款。格雷姆商会公司内部认可了合同内容,在公司内部书面讨论的合同中也包含了自动续约条款。这在公司内部的书面记录中可以查到。"

哀田律师翻了几页文件,给我们看了内部会议签署文件。然后,哀田律师打开了书面文件中附加的合同草案。

第三十九条(期间)本合同的有效期为××××年1月1日至同年12月31日。在有效期满日的两个月前,如果任何一方没有提出申请,本合同将以相同内容递延一年。

"里面有自动续约条款。"我看着条文的后半部分说道。

"是的。"哀田律师一脸为难地低下了眉头。

"合同草案里有,会议书面文件里也有。但是,合同的原件里却把这一句剔除了。"

我比较了合同的原件和书面文件附件中的合同草案。只有自动续约条款被剔除了。如果可能的话,那就是有人在合同上做了手脚。

通常情况,双方会通过邮件等方式,讨论合同的具体数据,确定内容之后,邮寄纸质版的合同,交换签名和盖章。合同书大多是由两个公司中的某一方将对方的那份也打印装订并邮寄出去。虽说是装订，也只不过是将最终的合同草案打印出来并制作成文件罢了。

但是，偶尔也有公司会打印与最终草案措辞内容不同的书面合同寄过来。有可能是单纯的失误，也有可能是故意使坏。因此，合同尽量会在自己公司打印、装订。

如果把打印、装订合同一事交给对方公司的话，最好还是对照合同的字句，仔细确认一下邮寄过来的合同原件的内容，是不是与最终的合同草案有出入。

当然，不同公司对于检查的严格性也有差别。但是，对于这种能够左右公司命运的重要合同，为了慎重起见，确认检查是必不可少的。

"合同原件是哪个公司打印装订的？"剑持律师立刻问道。

"是兰德公司。"只野女士回答道。

"由谁负责对收到的合同原件进行书面确认的？"

"这……我不太清楚。我们总务科只负责在收到的合同上盖章。之前检查合同的是法务科的负责人。但是，当时的法务负责人现在已经辞职了，联系不上了。公司的案件数量繁多，工作人员少，所以可能检查非常不细致。即使没有对合同进行最终审查，也不奇怪。"

"原来如此。"剑持律师抱着胳膊，轻声说道。

"这就是说，公司完全中了兰德公司的暗算，是吗？"我觉得这种说法太过于直截了当了，但事实确实也就是这样。

只野女士没有反驳。

之前凭借自动续约条款，合同一直自动生效着。可是，却被换成了只有一年期限的合同。格雷姆商会在毫不知情的情况下，经过了一年的时间。之后，合同失效了。

"在合同失效不久后，兰德公司发来了终止合同的通知。这时，格雷姆商会才了解了整个事态，直至今日。"哀田律师平淡地继续说明，"兰德公司计划设立日本法人，开展直接销售。从去年开始，就秘密地准备，持续地挖了很多资深的销售人员。后来，格雷姆商会也努力强化自己的品牌，进行了各种各样的改革尝试，但是资金周转很快就捉襟见肘。"

我偷偷地看了看剑持律师的表情。她将手掌贴着脸颊，看起来好像是在沉思。

原本我们之所以会来进行这次调查，是因为收到了对一位名叫"近藤玛利亚"的员工的投诉。我们来调查是不是她让公司破产的。但是说起来，通常情况下，不可能有人故意让公司破产。我们只是来确认近藤与破产一事无关。

格雷姆商会中了兰德公司的计策，终止了独家销售合同。其结果是公司濒临破产。这看起来好像和近藤玛利亚没有关系。

但是，我不认为兰德公司可以单独完成这件事。一般人都会怀疑格雷姆商会有内鬼。

"总觉得这件事很奇怪。"剑持律师突然低声道。

"嗯，不对劲。你不觉得很奇怪吗？"她面向我说。

"现在是十月份。合同失效是在去年年底。为什么不来跟顾问律师津津井律师商量一下关于合同失效的问题呢？"

这么一说，确实如此。虽然津津井律师不太关心格雷姆商会，但是面对这种关系到公司存亡的大事，如果公司来找他商量的话，再怎么样也会一起认真商讨对策的。

"请问……"只野女士艰难地开口问道，"和律师商量的话，会有什么办法吗？那个时候，双方合同都已经交换过了……"

"也不是完全没有办法的。"剑持律师不知为何，有些骄傲地回答。

虽然很艰难，但是可以尝试再次谈判。最坏的情况下，也可能对兰德公司提出诉讼。虽然会很花时间，也不知道结果会如何，但总比什么都不做，就只能破产要好得多。

只野女士微微张着嘴巴，一动也不动。本来她的脸上血色就很好，给人一种健康的感觉，现在脸更红了。

"那时候，如果想办法的话，我们也许可以得救？"她有些激动地问，嘴角颤动着。

"现在开始，我们也会竭尽全力的。"哀田律师立刻说道。

他的声音强而有力，可是眼睛却黯然无神。他平时很忙，脸上泛出疲惫也不奇怪。

"从现在开始，还能有什么办法吗？"只野女士的大眼睛闪烁出光芒。刚才给人一种悠闲开朗的印象，现在表情一下子变了，让人很吃惊。

"是的，我们破产法律师一定会竭尽全力，让公司复苏。所以只野女士，你冷静下来，只要做好每天的工作就行了。"

"真的吗？公司真的可以得救吗？"只野女士目不转睛地盯着哀田律师。

"是的,我们一定会救活公司。"哀田律师斩钉截铁地说。

"其实，请你不要外传，通过卖掉贵公司的一部分业务，就可以得到一大笔现金。只要有现金，公司就能延长寿命。"

"啊，是真的吗？"只野女士睁大眼睛。

"是真的。"哀田律师用力地点了点头。

我吃惊地看向哀田律师。他本来是个没什么表情的人。无论怎么忙，也不会生气或怒吼。但是，这样一来，也有些像机器人一样，令人感到毛骨悚然。在他礼貌的态度背后，完全不知道他在想些什么。

作为律师，贸然承诺"我们一定会救活公司"，这太不正常了。律师的工作没有百分之百。口中说着"一定会赢""一定会成功"的律师，反而不可信。哀田律师作为律师工作了十多年，竟然会这样轻易地保证成功，真是难以置信。

而且，即使有出售公司业务的计划，也不应该向只野女士透露。出售业务一般都是在公司高层进行商讨，全部谈妥后才会在公司进行宣布。不然有可能会引起公司内部的恐慌，甚至会造成出售业务不顺利。就算哀田律师想要安慰只野女士，说这样的话也有失分寸了。

只野女士还是一副忐忑不安的样子，放在桌面上的手一会儿交叉起来，一会儿放下来。

她说道："我们公司的人员构成基本都是销售职位，管理部门很薄弱。在这种情况下，法务部的人突然全部辞职了，完全没有人能处理合同，我只能摸索着做……所以，我也不清楚要跟顾问律师磋商这些基本的事务。如果我好好处理的话，本来有可能挽救公司的。一想到这，我就……"

"法务部的人为什么要离职？"剑持律师用淡然的语调问。对于心绪不宁的只野女士，她只是投以冷淡的目光。

只野女士表情迷茫，歪着头思索。

"可能是有不满吧。事到如今，就不得而知了。"

剑持律师表情不变，继续提问。

"你没有想过找谁商量吗？上司啊，董事啊。"

只野女士摇摇头。

"我们上司都不喜欢听到对公司不利的话，只会让下面自己想办法解决。我没办法，只好跟会计部的人一起商量，寻找解决的方法。"

突然提到会计部，我心神一凛。

剑持律师好像也抓住了同一个重点。

"你说的会计部的人是？"

"嗯，是近藤女士。"

"是近藤玛利亚女士吗？"剑持律师身子前倾问道。

"您认识近藤女士吗？"只野女士瞪大眼睛问，"她非常优秀，和我商量了很多事情。"

剑持律师和我面面相觑。

她嘟起嘴巴，表情有些像丑角面具。这是她吃惊时候的表情吧。对于剑持律师来说，这个表情很难看。因为很难得看到，所以我想努力记住这个表情。

第二章 血、血

第二章 血、血

1

我们向津津井律师报告了事情的详情,询问他下一步的指示。

津津井律师的回答是"继续调查"。原因是兰德公司的做法很奇怪,而且目前也不能确定近藤玛利亚与这次事件没有关系。

确实,兰德公司的做法很奇怪。如果得不到格雷姆商会内部的信息,比如事先知道格雷姆商会的法务机能较弱,销售部门的意见更容易通过等,就无法设下这样的圈套。很自然让人怀疑,日本公司方面有内应。

而且,不能否定那个内应就是近藤玛利亚的可能性。

那之后,我们花了几天时间,在格雷姆商会进行了听证会。

但是,事态还是不太明了。

"感觉在格雷姆商会,没有人对合同感兴趣啊。"

我一边看着听证会结果报告,一边说道。

剑持律师放松地坐在我桌子旁边的沙发上。

"这家公司原本就不重视法务。所以,津津井律师作为顾问律师提出的各种建议,也经常因为销售部的强势被阻挠,让建议在公司内无法推行下去。在这样的公司里,法务部的成员一个接一个地离职，也是意料之中的。"

剑持律师说着话，一会儿向上拉伸，一会儿侧弯，做起了伸展运动。最近一过晚上十点，剑持律师就顺便到我的办公室来活动身体。

"但是，还是不太清楚近藤玛利亚与这个事件的关系。"在剑持律师伸展运动的影响下，我也做了一下头部运动，肩膀有些酸痛。

不管询问哪个职员，大家都说近藤玛利亚是一个优秀的会计科员。只是，这似乎仅限于她能够准确地完成公司分配给她的工作。只要她的工作完成了，她就会马上下班。即使后辈和同事很忙，她也决不帮忙。所以也有职员指出近藤的合作性比较差，不够团结。

"真奇怪。近藤不帮助会计科的同事，却参与了总务科只野女士的协商。"

只野女士说，当兰德公司发来终止合同的通知时，她也跟近藤商量过。近藤不断安慰只野女士说："没办法啊。咱们一直依赖兰德公司的这种企业特性本身也不好。现在是时候强化自己公司品牌，努力进行战斗了。"

听到这话，只野女士的心情也放轻松了。只野女士认为之后就是商品开发和销售的问题了，作为总务科也没有什么可以做的事了。

所以也没有与顾问律师商量，一直到现在。

格雷姆商会对于兰德公司的突然袭击，毫无抵抗，漫不经心，现在已经到了距离破产仅一步之遥的境地。

"其实我还有一件在意的事。"我把自己的椅子转过来，面对着剑持律师，"据说近藤在SNS上频繁地上传照片，炫耀自己奢侈的生活。"

关于近藤，有多位职员做证说："近藤总是打扮得时髦华丽。"因为格雷姆商会是服装企业，所以有很多打扮时髦的人也是理所当然的。但是，职员们提起近藤的口气，却总觉得不是纯粹的称赞，而是揶揄嫉妒。

我指出这一点后，剑持律师歪着头陷入了深思。

"是这样吗？怎么我觉得就是普通的夸奖呢？"

剑持律师就是这样一个随心所欲的人。不可能理解嫉妒他人的心情。她从来没有必要为了不被人轻视而虚张声势，生活中也没有被卷入过嫉妒他人或者是被他人嫉妒这样的人际关系中。因此，她感知人类语言中夹杂嫉妒和侮辱的神经不够发达。

"看这个账号。"我在电脑上给剑持律师展示了近藤玛利亚的SNS账号，"可能因为这样展示光鲜亮丽的生活，她被同事们疏远了。"

从某位女性职员那里了解到的近藤的SNS账号上，可以窥见她私生活的一角。与简历上的照片相比，她在SNS上的笑容要灿烂得多，垂扎的头发也被打理得漂漂亮亮的。

时常出入酒店休息室和高级法式餐厅，每个季节都去国外旅行。明明没有什么特别的事情，近藤却把这天称为"闭关日"，去东京都内的城市酒店住宿。

上传到 SNS 上的内容是需要斟酌的。如果不多少表现出自己过着充实生活的话，会被人觉得太土，被人看不起。另一方面，做得太过也会被人讨厌。所以，大家在上传适当的照片的同时，会附上谦逊的评论。

而近藤的分享却明显做过头了。

"今天去了四季酒店休息室。钢琴的现场演奏真是太棒了♬。"

"主厨矶贝先生，一直承蒙您的关照。谢谢您为我珍藏的红酒。"

等等这些，透着满满的自豪和得意。

看到本应该跟自己相差不大的公司同事，发了这样的 SNS，当然会不高兴。

考虑到这些细节，近藤和同事们之间是不是有什么摩擦和矛盾呢？

会不会是摩擦和嫉妒，导致有人想"让近藤吃点苦头"，才将近藤投诉为犯人呢？因为除非经常性的、重复的恶性投诉，不然不会去确认内部投诉窗口的投诉者是谁。

"很光鲜亮丽的生活啊。看起来很开心，不是挺好的吗？"剑持律师一边嘟囔着，一边停下了拉伸运动。

剑持律师猛地站起身来，走过来开始看我的电脑。她的每一个动作都很快，所以每次突然靠近，我都会吓一跳。

平时，剑持律师一看到什么，就会马上评论。

但此时，她目不转睛地凝视着电脑画面，睁大了眼睛。

"这里，往下滚动！"剑持律师平时明朗的语调消失了，突然变得很强硬。

我很不解，但还是滚动了画面，把所有的分享都给剑持律师看了。

"这太奇怪了。"她用一只手托住脸颊，脸一下子靠近画面。一股香气钻进了我的鼻子，我急忙避开了剑持律师。

"看这张照片！"

剑持律师指着近藤 SNS 中的一张照片。是近藤在酒店休息室享受下午茶的样子。这个下午茶一个人要五千日元以上。

"这个包要二百五十万日元哦。"

"二百五十万日元？"

我不由得出声说道。剑持律师所说的价格远远超出了我的想象。

"差不多。这是爱马仕鸵鸟皮的铂金包，说不定还会更贵呢。"

我没想到有人会把这么多钱花在买包上。包这种东西，不过是装运物品的袋子。我知道有这样的奢侈品，我也知道在这个世界上有某些人在买，但是总觉得没有现实感，没想过把这些人和自己的世界连在一起。

为了不让人觉得奇怪，为了看起来漂亮，我也在打扮上很用心。但是，因为从小穷惯了，所以就会很努力地想办法买既便宜又实惠的东西。对于自己的这一点技能，我有一种自豪感。

"第一次看到价值一百万日元以上的包呢。"我坦率地流露出自己的想法。

剑持律师却感觉没什么，说道："你在说什么呢？我一直背着的包，也要一百五十万日元啊。"

"啊？一百五十万？"我咽了一下口水。

确实是我在杂志上见过的奢侈品包。

说实话，我对包的品牌不是很了解。所以，之前粗略地估计，剑持律师的包大概二十万日元。

剑持律师怀疑地盯着我的脸。

"美马律师也赚钱不少，想买的话应该能买得起吧。"

"没有没有，我在存钱，还有很多各种各样的花销……"说完后，我马上闭上了嘴。

我想起了奶奶，心里一下子凉了下来。我隔几天就去医院探病。昨天和今天都没能去探望，所以我想，明天一定要去医院。

剑持律师没有在意我，只是口若悬河地开始说："你看这个近藤，戴着的手镯是卡地亚的，三十五万日元。手表也是卡地亚的，这个大概八十万日元吧。连衣裙是去年纪梵希的时装款，二十五万日元。旁边放着的大衣是塞琳娜的羊绒大衣，六十万日元左右。就这些，一共就要四百五十万日元。虽然没有拍到鞋子，但肯定也是奢侈品。"

一看人的穿着打扮、随身物品，就能一个一个地知道精确的价格吗？

能做到这种程度，可以说是一种特技了。我将对剑持律师憎恨和讨厌的情绪暂且放在一边，衷心地佩服起她来。

"近藤的年收入是四百五十万日元吧。为什么能过这样的生活呢？据说住的地方也是神乐坂的豪华公寓。她父母家富裕吗？"

"不富裕。"我摇了摇头，"据同事们说，她是东北人，父母是政府机关的或者是农协的，从事那种很稳定的工作。"

"也许是她的恋人有钱，或者有人给她钱。"

剑持律师的意思我明白了。近藤要维持这样的生活，需要一些副业收入。

"原本我就不认为这次更换合同的事是兰德公司单独做的。一般来说，公司不会将最终草案随意更改语句。因为一旦对方公司发现的话，只会引起争执和矛盾。所以，格雷姆商会应该有内应。近藤作为协助兰德公司的回报，得到了报酬，这样也是符合逻辑的。"

我看着电脑画面上近藤的照片。

在洒满阳光的休息室里，她满脸笑容。

她是为了这个"笑容"，越了界吗？

不过，也有可能是只野女士撒了谎。也可能只野女士是犯人，想要栽赃嫁祸给近藤。

"只野女士是负责装订合同和保管合同的总务科科长，她可以轻松更换合同，或者将合同保管在别人拿不到的地方，作为兰德公司的内应是最合适的。"

"关于这件事，只能再问问看了。预约一下对近藤本人的听证会吧。根据听证的内容，也可以再次对只野女士进行听证。"

剑持律师用很明快的语气说。

但是我的心情却很低落。

假如近藤是兰德公司的内应，主动参与了使格雷姆商会经营恶化的行动，那么她所在的公司，到现在为止已经连续有三家破产了，这些公司的破产都是她的所作所为吗？

宁可做这样的事，也想要守护的生活，对她而言到底是什么呢？

我也知道从地方出来到东京打拼生活的辛苦，也有时候会想，要是能更轻松、简单地赚钱该多好。正因为如此，我才把近藤的形象与自己的重叠在了一起。

希望她没有越过那条线。

近藤一定是有一个有钱的男朋友，才过着奢侈的生活。因此，嫉妒她的同事使用内部投诉窗口投诉了她。如此这般，这件事就可以安然无恙地结案了。

我竟然会为这个从未谋面的近藤祈祷无罪，真是奇妙。

第二天下午六点，我溜出事务所去了医院。奶奶正在吃晚饭。

"那个带来了吗？"奶奶高高在上地问。

我默默地从纸袋里拿出了柿饼。

"就是这个。"

奶奶高兴地低下头，开始吃柿饼。还好医生没有限制奶奶的饮食。

濒死的时候，手里也拿着柿饼。奶奶这么想吃柿饼吗？

每年九月左右柿子开始上市。这个时候，奶奶就会自己嘟囔着"差不多到吃柿子的季节了"，催促我做柿饼。

"玉子，你也吃点就好了。"奶奶把柿饼全部吃完后，嘀咕道。

"我是专门负责制作的。不想吃。"

我坐在奶奶身旁的椅子上这样回答，奶奶听后高声笑了起来。

"呵呵呵，玉子啊，你明明不用这么意气用事的。"

奶奶带着鼻音的笑声跟我装可爱的时候很相似，这让我心里不太痛快。

"对了对了，达令今天也过来看我了。因为他是老年人，所以只能白天过来。他说很遗憾，没能见到玉子你啊。"

奶奶的结婚对象每天风雨无阻地来见她。奶奶在马上要结婚的关头晕倒了，所以对方也很不安。我想尽量不见到他，所以故意错开时间过来。

奶奶最近要动手术。因为在晕倒后的检查中，发现了几条快要堵塞的血管。

手术结束后，不到半个月就可以出院回家了。所以我其实也没有必要那么频繁地来。但是，如果下班后直接回到空无一人的家里，就会越发感到寂寞。

家里总是有奶奶在，我的学生时代也好，工作之后也好。奶奶对我来说是负担，但更是心灵的依靠。仔细回想，我有过在外面过夜，但是奶奶从来没有过在外面过夜。即使奶奶在町内会有很多关系很好的朋友，每次组织的旅行她都拒绝，这是奶奶对我的良苦用心吧。

我给奶奶当了一个小时左右的听众。听她讲达令做了些什么，护士长是个讨厌的家伙之类的。最后，她提出要求："下次来，给我带一身更可爱的睡衣。"

我记下要求，回了家。

回到空无一人的家里很寂寞。好几天没有看到奶奶的脸，心里很不舒服。虽然心里这么想，但是每次探望结束后，却又会筋疲力尽。

意外再会的医生筑地偶尔会联系我。但是，我总觉得对他没什么兴趣，一起吃饭的日子一而再再而三地延期。

最近，身边的朋友渐渐都结婚了。感觉人上班工作后，一转眼的工夫就三十岁了。听说女人的市场价值在二十九岁和三十岁之间有很大的断层，就像生鲜食品。

学生时代，前辈律师们经常对我们说："女孩子当了律师后就不受欢迎了。一定要趁学生时代抓住一个男朋友。"但是，这是一个弥天大谎。

其实成为律师后，我更受欢迎了，约会也增加了，也有很多男性说"喜欢认真工作的女孩子"。实际上，我的工作量已经超过了"认真工作"的程度，但是我并不露声色。

并不是女律师不受欢迎，而是不可爱的女人不受欢迎。像美法一样，完全不在这方面努力的人，才把不受欢迎归咎于律师这个工作吧。

但是，对于年纪增长这件事，我无法消除心中的不安。我觉得无论怎么努力，大龄女性都不会受欢迎。那么，这种情况下的正确努力就应该是"趁着年轻努力"。

我知道必须要想个办法。现在这样想着，时间也在"一分一秒"地过去。但是，另一方面，我也逐渐厌倦了参加各种相亲活动，反复约会……这一系列的程序，感觉太麻烦了。奶奶已经八十多岁了，还去了结婚介绍所。而还没活到她一半岁数的我，却已经筋疲力尽了。

我一边想着这些事情，一边回到家，感觉身心俱疲。

明天也要早起工作。早上不用早起提前准备奶奶一天的饭菜，是轻松了，但是为了奶奶出院后的护理，能做的工作必须提前进行。

简单地洗了个澡，用吹风机吹干头发，我的心情变得有些空虚了。如果不仔细吹干的话，头发会受损，第二天也不好打理。只是去事务所工作，像这样整理打扮又有多大意义呢？但是，我的自尊心不允许自己像美法那样敷衍了事地外出。人太累了，想法就不能具体成像了。模模糊糊的想法占据了我的头脑。毫无关联的事情一个接一个地在脑海中浮现又消失了。

上床躺下的时候我突然想到，下次和筑地去吃饭吧。不管怎么等待，幸福也不会到来，还是要行动。

第二天是十月十五日，星期五。我和剑持律师一起再次到访了格雷姆商会。

我们事先已经联系过了。通过管理部门的董事，确保了近藤玛利亚的会见预约。管理部的董事应该并没有对近藤说是内部投诉的听证会，而是随便找了个其他借口。

带我们去的会议室，是至今为止听证会多次使用过的一间小房间。

进入会议室的一瞬间，我打了个喷嚏。早上的会议室很冷。

"感冒了？"剑持律师投来了尖锐的目光。

"不、不是的。是房间太冷了。"

我慌慌张张解释道。如果被剑持律师怀疑是感冒的话，很有可能会被教育。这些日子一直凉飕飕的，让人觉得快要感冒了。可是在剑持律师面前，有一种不能让身体生病的紧张感。

"这间房间也没有窗户，很阴暗啊。"

正如剑持律师所说的，这里有种不自然的压迫感。

在可以容纳四五个人的空间里，勉勉强强放着一张四人用的桌子。

在格雷姆商会大楼的四楼，电梯大厅的后面排列着三间小房间。楼层的另一侧是办公场所，不刷员工证就进不去。穿过办公室对面的洗手间、茶水间、电梯大厅，最终抵达的就是这三间小房间。

"在里面的那个房间，镶着落地玻璃，景色好像很好。"我说了一句。

楼层的一侧面向马路，整面墙都是落地玻璃。我们去的房间是三个并排着的房间里中间的那个，所以没有窗户。但是，经过我们的房间门前，再往里走，最里面的房间一面全是落地玻璃，视野很好。

"我听哀田律师说，那间是'裁员室'吧。"

"好像是啊。"

这三个小房间在最里面，不太担心声音会被听到，所以经常用于人事面谈。

其中最里面的那间房间，最近几个月被用于裁员前的谈话。因此，在员工之间被揶揄为"裁员室"。

"所以，听证会的时候请不要使用裁员室。如果被叫到那个房间的话，员工就会以为裁员轮到自己了，很多会自暴自弃的。"

这是熟悉格雷姆商会内部情况的哀田律师对我们说

的话。

在预定开始的时间上午十点整，近藤玛利亚准时出现了，长长的黑发卷得很蓬松，从后面轻轻地扎起来，戴着波士顿框的眼镜，穿着衬衫连衣裙，就像是杂志上介绍的"今天在会议上作报告，营造出一种稳重的氛围"的装扮。虽然看不到明显的品牌，但是穿着的衣服和戴着的首饰看起来很高档。

虽然近藤本人的五官没有什么特征，但穿成时兴的样子一下子就显得很优雅，和简历上的照片相比是天壤之别。

这种原本容貌朴素，只靠打扮变得很漂亮的女性，很容易树立同性的敌人，大概是因为会同时刺激了鄙视和羡慕两种情绪吧。

"我是近藤。"

近藤投来诧异的目光，向我们鞠躬行礼。

我拿出名片进行解释。

"这次，承蒙贵公司要求我们修改合同管理体制。因此，按顺序进行听证会，听取大家对当前状况的处理有什么意见。"

我们对所有员工都做了同样的解释，因为不能暴露投诉内容。

"我属于会计科，不负责合同管理业务。"近藤委婉地说。

"不管分管业务领域如何，我们会听取每位的意见。现在由总务部门保管合同，但是今后，可能会变更为各个部门各自保管与自己相关的合同，没有无关的部门。"

我说了一些场面话，开始了听证。

"近藤女士，您在现在的部门是第几年呢？"

我们隐瞒了已经事先确认过近藤简历的事。

"正好两年。两年前我入职了格雷姆商会。"

"也就是说，您不是应届毕业生录用，而是中途进公司。您之前的工作也是当会计吗？"

"是的。大学毕业以来一直在会计领域，所以关于合同是外行。"近藤的语气很平静。

"您之前的工作是应届毕业后开始长期在那边工作吗？"

虽然都是事先已经知道的信息，但是我还是想再次从近藤本人口中听到。

我负责提问，剑持律师在我身旁注视着近藤的表情。

本来应该会配一个书记员，当场做好记录，这样的话，之后的工作会比较轻松。但是，如果在听证会中做笔记的话，听证对象会更加严阵以待，或者听证对象通过看到我们这边的记录，能推测出听证会的重点是什么。所以这次，我们事先得到了许可，只用 IC 录音机录音。

"不，之前的工作是第三家，第四家是格雷姆商会。"

"是第四家吗？那您跳槽还算比较频繁的。"

我直截了当地说，想看看近藤会有什么反应。

近藤微微一笑，视线朝上看向我们。

"是啊。我真的很不走运，之前工作的三家公司都破产了。"

和说话的内容相比，近藤的语气是开朗的，甚至让我听出有些得意。

"朋友有时会揶揄我是死神，真受不了，每次都要找工作。幸亏我有簿记一级，有会计这样明确的职业路径，所以能找到工作。"

近藤好像是在讲述自己的不幸，其实却在为自己能摆脱不幸而骄傲。我最讨厌这种人。自夸的不幸，不是真的不幸。

"那可真不容易啊。您找工作期间，有时也会不安吧。"

我压抑着自己内心的感情，与近藤保持共情。这样的女性，对于能同情地倾听自己说话的人，会不断地倾诉下去。

"是啊，真的很不安。跟父母住在一起的人还不要紧，像我这种从东北乡下出来的就……"

"原来近藤女士您是东北人啊，我一直以为您是东京人呢。从大学开始，您就一直在东京一个人住吗？"

"是的。"

我若无其事地问出，近藤现在也是一个人住。虽然我很想问一下，她身边是否有资金援助者，但如果再进一步深入问下去的话，会被近藤怀疑。

"您在会计部门做什么工作呢？"我换了个话题。

"汇总每天的明细、月次决算、年度决算，各种各样的工作全部都要做。在我们会计科只有五个人，所以不会专门负责某一个业务。"

"您的业务中会涉及合同吗？"

"基本上没有。付款的时候，会确认书面材料，但是不会继续向上追溯去确认合同的内容。最多能涉及到更新税务师的顾问合同。"

近藤不假思索地回答。这与其他员工的证言没有偏差。

"合同平时是谁管理的？"

"是总务的只野爱子女士。"

我想起了前几天在合同书库室由哀田律师引见的只野女士那圆圆的身影。

"听说近藤女士您和只野女士的关系很好呢。"

我尝试着开门见山地试探道。

近藤歪着头思索了一下，回答说："是吗？关系也并不是特别好。"

回答很自然，让人不觉得她是在说谎。

"我是听其他同事说的，说是只野女士有困难的时候，近藤女士您也有帮助过她。"我细致地观察着近藤的表情说道。

近藤一脸木然地回看我。

"是谁说的？"近藤显露出不信任，用低沉的声音继续说，"我与只野女士属于同一个管理部门，所以在酒会上也会说话，在走廊或洗手间碰面的时候，也会互相打招呼，但只是这种程度的交往而已。"

只野女士说，"找过近藤女士帮忙商量"，两人的话有分歧。在对其他员工的听证中，大家都说只野女士和近藤没有特别亲近的关系。现阶段，我不知道谁说的是真话。

坐在我身旁的剑持律师一动不动。她在想的事情应该跟我是一样的。

近藤歪着头边思索边开口说道：

"只野女士是总务科的科长。去年，前任科长辞职，她提前上任，是管理职务，而我只是个普通的会计科员。我帮助其他部门的管理人员工作，这不奇怪吗？"

确实如此。但是，也并不是完全没有可能。

男性之间的上下级的职务可能会影响交友关系，但是，女性社会却不一样。虽然职务和社会地位不同，有时相互之间却能有着平等的关系。

职位高的女性，只要稍微露出一丝"我更了不起"的态度，就会在女性社会中遭到强烈排斥。虽然只野女士是管理层，但是她也一定会想跟其他女同事保持一种亲近、平易近人的关系吧。即使不考虑这些因素，单纯从心情方面考虑，女性同事之间也会不考虑职务的上下关系，在困难的时候互相帮助。

"原来如此，只野女士她……"

我想问，只野女士有困难的时候，会跟谁商量呢？

但是，在提出这个问题之前，我包里突然响起了手机的振动声。振动声一直没有停下来，应该是电话吧。

我一边说着"对不起"，一边拿出了手机。我想关机，将视线落在了手机屏幕上，是奶奶所在的医院打来的电话。

我心跳开始加速。医生已经就奶奶的治疗计划和预后等跟我进行了解释说明,我也同意了。现在还打来电话,是奶奶出了什么事吗?

我看着手机屏幕,正犹豫着要不要挂断的时候,"出去接吧。"剑持律师贴到我耳边说。

我怀着感谢的心情看着剑持律师,点了点头。

"我暂时出去一会儿。"

我也向近藤打了声招呼,离开了座位。

有剑持律师在,剩下的听证会也一定能顺利进行吧。

我走出了房间,看到了里面那间小房间。

"裁员室"不经常使用,现在的时间应该是空的。我快速地溜进了里面的小房间,接听了电话。

"是美马小姐吗?我打电话来是关于美马岛女士的事。"

是奶奶住院的循环器官科的护士打来的。

"岛女士今天早上开始发烧了。我们会暂且观察一下,手术的日程也重新安排一下吧,住院时间有必要延长。喝了抗生素,静养几天的话,发热本身应该是没什么担心的。"

我听了,心情逐渐放松下来。每当发生什么事,脑子里就会浮现出最坏的情况。这对心脏不好,但是今后,还会发生很多次同样的事情吧。

跟护士预约好下周一的下午,去医院听医生详细讲解情况。奶奶的年龄大了,这里那里可能会出现很多不好的地方吧。

我突然注意到了窗边。虽然百叶窗降下来了,但确实有一整面落地玻璃。我从百叶窗的缝隙往外看，只能看到一条交通量很大的马路，景色也不是很好。

马路上正好停下来一辆出租车。我无意中看了一下，看到哀田律师走下车来。

从哀田律师那垂下来的肩膀上，能感受到他的疲乏。那是当然的。他也负责有其他的案件，但是却每天来格雷姆商会接受咨询。连本应部门负责人川村律师承担的任务，都是由哀田律师一个人背负的。真可怜。

他这么努力工作的理由是什么呢？我感到疑惑。

因为是男人，所以必须努力工作。他身上肯定有这样的压力。男人的人生，只要能工作赚钱，其他的幸福就会随之而来。当然也有例外，但一般是这样吧。相反，如果不能工作，或者赚不到钱的话，那在其他部分就会很辛苦。所以男人不论如何，工作都很投入。与男性的那种令人窒息的辛苦相比，作为女性的我们相对更轻松一些。我们终归有一天会结婚，某种程度上，能依靠丈夫的工资。也可以选择转换更轻松的工作，平衡好工作和家庭。

但是也正因如此，有时会失去工作的动力。找不到执着于现在这样辛苦工作的理由。在奶奶需要看护的时候，或者等我有了孩子，我是不可能将这些置之不顾，而去选择工作的。

我怀着微微苦涩的心情走出了房间。总之，先做好眼前的工作吧。我轻轻敲门，回到了剑持律师和近藤所在的房间。

2

"看起来,近藤是个说话轻率的人。"

剑持律师一边伸懒腰,一边说道。

对近藤玛利亚的面谈结束后,房间里现在只有剑持律师和我两个人。我们预约了十一点半开始对只野女士的听证会,现在有三十分钟的休息时间。

"我也是这么想的。只要对她表示赞同或者同情,就连没问的事情也会源源不断地说出来。目前是转职后的第四家公司,过去三家公司破产了,这些都毫不隐瞒地说了。可能她跟很多人都说过吧。"

投诉者是怎么知道近藤过去所在的三家公司都破产了的呢?接到内部投诉后,这一点就是个疑问。只有人事部的人事负责人能知道这个信息。但是看来近藤这个人,是有可能会把至今为止供职的公司都破产了的事情告诉同事们的。因为,就连对第一次见面的我们,她都能直言不讳。

剑持律师用胳膊肘撑着桌子,一只手托着头,看向天花板,嘟着嘴问:"她为什么要这么做呢?"

"也许是因为她喜欢勾起别人的兴趣和同情呢?"

"这有什么好处,不是一分钱都拿不到吗?"

剑持律师说得太干脆了,我苦笑着。

希望别人对自己有兴趣，想引起别人的关心，这是普通人极其普通的愿望。但对于天生就能吸引众人目光的剑持律师来说，也许是无法理解的。

"对于帮助只野女士、一起商量的事情，近藤完全否定了。"

剑持律师说道，我点了点头。

"我们在接下来的听证会中，直接问一下只野女士吧。"

说着，我拿起了 IC 录音机。

对近藤的听证会内容完整录音了。我事先操作好机器，这样接下来只野女士的听证会中也可以使用。之后，我们分别去了卫生间，万事俱备，只等只野女士的到来。然而，过了约定的十一点半，只野女士还是没有出现。

等了五分钟，等了十分钟，剑持律师说："是出现了什么不方便来的事情吗？"说着，她拿起了手机，打给了在办公室的哀田律师。

"只野女士已经离开了，不在办公区域。电脑也放在桌子上。会去哪儿了呢？"

"会不会不知道会议室在哪里，所以迷路了呢。是自己的公司，应该不会吧……我去看一下。"

我站起来，打开了房间的门，朝左右看。

这时候，我发现走廊里面房间的门稍稍打开着。可能是我刚才回来的时候忘记关了。我走近，想要关上门。这时，有一种不协调的感觉笼罩了我。

第二章　血、血

从门下的缝隙里，流出了红黑色的液体。

我不由得"啊"地发出声音。

是血。

看起来是血。

我后退了一步。

透过横向滑动门的间隙，可以看到里面。

但是，我自己一个人没有确认的勇气。

我的膝盖不自觉地颤抖着。我深呼吸，告诉自己必须冷静下来。

我努力挪动双腿，奔回原来的房间。

"剑、剑持律师……"

跷着二郎腿，正在摆弄手机的剑持律师抬起了头，惊讶地皱着眉头。

"请过来一下。"我的声音提得很高。

"什么？怎么了？你没事吧？"

剑持律师站起来，在我前面走到了走廊。

一想到剑持律师也在一起，不知为何我就放心了。平时在内心里，经常对剑持律师的言行说坏话，在这种时候却依靠她，感觉有些抱歉。但是现在，也不是说这种话的时候。

我努力冷静下来，跟在剑持律师后面。

剑持律师盯着连接办公空间和电梯大厅的走廊的前方。

"在这边，对面一边。里面的房间。血、血，这是血吧。"我对剑持律师说。

剑持律师转过身，在走廊里面房间的门前蹲下来。

"确实，好像有什么东西流出来了。红色的……"

"我真的接受不了像血这样看起来很痛的东西。我最害怕那种恐怖血腥的电影。真的不行。"

我快速地喋喋不休地说着没用的话。中学的时候，我看了僵尸电影后昏厥了，然后又被人背地里说是"装可爱"。

剑持律师不理我，沉默不语，猛地打开了门。

我不由得闭上了眼睛。

剑持律师什么也没说，我以为没什么事，就微微睁开了眼睛，我错了。

打开门后，鲜血立刻在眼前展开。又滑又黏、红黑色的血。像沼泽一样。

在沼泽的中心，躺着一个女人。

我惊声尖叫，一边发出胡乱的声音，一边搂住了剑持律师的胳膊。我紧紧地闭上眼睛，把脸埋进剑持律师的身侧。

剑持律师纹丝不动。

"这是只野女士。"

"什么？"我问。

"只野女士死了。"

"只、只野女士？"

我终于发出了声音。我的呼吸变得轻微。呼吸不到空气，很痛苦。"呼、吸、呼、吸"，我开始有意识地调整呼吸。过了五秒钟左右，我总算能开口了。

"剑持律师,你为什么这么冷静?"

剑持律师用另一只手撑住紧紧抱住她胳膊的我。

"我一受惊吓,反而会发不出声音。"

剑持律师轻轻拍着我的肩膀。我的肩膀感受到节奏,呼吸一点点恢复过来。

我将重心放在剑持律师的手臂上,重新站起身来,手还抓在剑持律师胳膊上,余光向上瞥见剑持律师的表情。

毫无表情。

面对尸体,毫无表情。

或者说,是心情不好的表情。每当后辈工作慢的时候,老板的指示不顺心的时候,剑持律师就会露出这样的表情。

剑持律师对眼前躺着一具尸体这一事态,感到焦躁不安。

"啊,真是的。这是什么事啊。"

剑持律师嘟囔着。

"今年是厄运年吧。"

听到剑持律师的语气跟往常一样,我的心情平静下来了,把手从她的手臂上松开。

但是,在这一瞬间放下心来是错误的。

我的视线看向蔓延着红色液体的中心。

只野女士仰面倒着。她那圆圆的、健康的身体,一动不动地躺着。脖子发红,就像一个被粗暴切开的西瓜一样。只是,颜色比起西瓜更沉闷、更黑。

只野女士朴素的灰色连衣裙上泛着斑驳的红色。肩膀附近沾了地板上的血,微微发黑。双脚张开,与肩膀差不多宽。眼睛紧紧闭着,好像在忍耐什么似的。

那旁边有一把刀。

我被充满了房间的铁锈味熏得有些神智不清,感到头很晕。

与只野女士第一次见面的时候,她发现我身体不舒服,马上跑过来了。

如果她看到我现在的状况,一定会帮我的。可是,只野女士却这样子倒在我眼前。

我的视野一片混乱。不知道是自己在摇晃,还是周遭在摇晃。

"所以,我说了我不行……"

我伸出了手,想抓住剑持律师的胳膊,但没抓住。

地板向我靠过来。

有一股尿味,像学校的厕所一样的臭味。我觉得很奇怪。

我没开灯,走进房间,在昏暗的日式房间的角落里,有四条腿在晃动。

摇摇晃晃,摇摇晃晃。

浴室用的椅子和梳妆台的椅子分别倒在地板上。我走近了,抬头看向门框上的横木。有人吊在那里。

我一直盯着那张脸。那张脸漆黑一片。

我看着,看着,可是那张脸上的光亮像是全部被吸走了一样，漆黑一片。这好像叫作黑洞吧……感觉在理科课程上学过。

"你们这么说，我也没办法啊。不行的事就是不行。你们好好调查，不就好了。和我们没关系。"

是剑持律师的声音。她在生气。

"我们也很忙。如果有什么想问的事情，现在，就在这里问吧。请问吧。"

"等一下，剑持律师？您别这么说。刑警先生们也是例行公事，完成他们的工作。"哀田律师插嘴说。

"既然是工作的话，不是更应该现在马上就做吗？"声音渐渐变大了。

我的身体能动弹了，感觉到我的后背好像碰到了什么硬东西。

我睁开眼睛，看到了白色的天花板。

"啊，你醒了吗？"

是剑持律师的声音。

我用双手支撑着，坐起身来。

这是一个很大的接待室。我好像躺在沙发上。腿上盖着剑持律师的外套。沙发旁边整齐地摆放着我穿的高跟鞋。

我望过去，剑持律师跷着二郎腿，坐在里面的一个单人座椅上。

旁边的沙发上坐着哀田律师。

有两个穿着深藏青色制服的中年男子站在门口附近。

我了解了大概的情况。

"我是不是晕倒了？"我问。

剑持律师上半身向前倾斜，胳膊肘放在自己的大腿上。

"完美的晕倒。"她一本正经地说。

我看了一眼挂在房间里的钟表，现在的时间是下午一点。只野女士的听证会预定开始时间是十一点半，然后过了十分钟，十一点四十分，我们发现了尸体。之后，我昏厥了，那我失去意识的时间大概有一个多小时。

一想到有人把昏厥的我搬到这里来，我就羞得满脸通红。

我不知道自己是以什么奇怪的姿势倒下的。今天夹克外套的下面穿的还是连衣裙。希望没有被别人看到内裤……我只能祈祷是在场的剑持律师把我搬到这里来的。

站在门口的两个男人，好像是警视厅的刑警。

据刑警说，格雷姆商会的总务科长只野爱子死了。警方认定死因是用刀割喉咙而引起的缺血性休克。使用的刀，掉落在只野女士尸体旁边。

刑警说四楼的面谈室禁止入内，现在正在进行现场验证。之后，只野女士的遗体也会进行司法解剖。从目前状况来看，即使经过司法解剖，直接的死因也不会变化吧。

"当时，你们应该就在隔壁的房间吧？"一个刑警问道。

"是的，从早上十点开始进行听证会。所以我们在这十分钟前，九点五十分就进了房间。"我解释道。

我喝了一口剑持律师给我买来的矿泉水，把水含在嘴里，呼了一口气。

而剑持律师只是很不耐烦地坐着。

剑持律师对我处处细心照料，为什么对警察和上司却态度这么不好呢？难道她是那种不向强权低头的类型？

"发现只野女士的遗体是十一点四十分之后。在那之前，你们离开过那个房间吗？"

"我和剑持各自去了一次洗手间。在十一点到十一点半之间。因为是轮流离开的，所以房间里一直是有人在的。"

"你们去洗手间的时候，有没有和谁擦肩而过，或者有看见谁吗？"

"没有，没有遇到任何人。洗手间里也没有人。"剑持律师对我的话也点头。

"从隔壁房间，或者周围有传来大声说话的声音吗？"

"不，没什么特别的声音。"

我向剑持律师看去，剑持律师再次点了点头。剑持律师也没有听到可疑的声音吧。

这里是为了谈人事方面工作的房间。因此，正常音量的说话声在旁边或走廊里是听不到的。同样，走廊的脚步声和说话声，在室内也听不到。只是，如果是看到尸体的尖叫声或是大声的吵架声的话，还是可以听到的。

"什么也没听到吗？那精确的死亡时间，就等解剖了。"

"啊，这么说来——"我提高了嗓音。

"刑警先生，我还有一次离开了座位。十点开始对近藤玛利亚女士听证。听证期间,我这边打来了一通电话,为了接电话,我从房间里出来了,然后马上进入了走廊里面的那个房间。因为是私人电话,不想被别人听到……那个时候,里面的房间没有人,当然也没有只野女士的遗体。"

"你知道进入隔壁房间的时间吗?"

"看手机的来电记录就知道了。"

我环视房间,从放在沙发旁边的自己的包里取出手机。

"十点十分。通话时间是三分七秒。接完电话后发了会儿呆,应该合计有五分钟在房间里。"

"那之后呢?"

"之后,我就回到隔壁的房间继续进行听证了。"

"你没有去别的地方吧?"

"是的,我只是路过隔壁的房间。"

"有能证明这些的人吗?"

突然被问到类似刑侦电视剧的事情,我有些畏缩。

"证明……我没见过任何人,所以没有不在场证明之类的。"

我感觉自己好像被怀疑了,很尴尬,从手中的塑料瓶里又喝了一口水。

"她们只是普通的律师,和只野女士见面也只是第二次,根本没有杀人的动机。"

对于哀田律师的话,一名刑警补充道:"不,我们并没有怀疑她们会杀人。"

听着他们的对话，我突然想起来。

"这么说来，电话结束后，我从房间的窗户里看到了哀田律师。他从出租车上下来，走进了公司。"

两个刑警一齐把视线投向了哀田律师。

哀田律师惊讶地睁大了眼睛。

"我确实在那个时间来到了公司。"

哀田律师打开钱包，拿出出租车的收据。因为律师是个体工商户，所以经常会保存乘坐过的出租车的收据。

收据上写着"上午十点十四分"的时间。

刑警一边点头，一边对收据拍照。

"逻辑上说得通。"剑持律师抱着胳膊开口说道。

"从十点十五分左右开始，到十一点四十分左右，这中间只野女士的遗体出现了。而且，也没有很大的声响。"

刑警皱起了眉头。他们一定觉得这个案件越发复杂了。

"律师们都在说听证会，你们在对什么事情进行听证呢？是什么案件呢？"

"不能说。"剑持律师顶撞似的说道。

"不能说？你们本来打算对只野女士听证对吧。请协助调查吧。"

确实，考虑到在听证会预定时间前后，只野女士出事了，很自然会认为只野女士的死亡可能和这次听证会调查的案件有关联。

"不行。"剑持律师斩钉截铁地说。

"关于客户委托的内容，我们负有保密义务。虽说这是刑事案件的搜查，但也不能说。如果格雷姆商会同意的话，我们才能对警察公开信息。请警察想办法获得格雷姆商会的同意吧。"

哀田律师也点头。作为律师，确实只能这样处理。

想要说明这次的案件，就不得不提到格雷姆商会快要破产的事。员工的谣言和公司内部的气氛，泄露出去也就算了。如果外部人员知道律师对此事正式采取了行动，很有可能引起挤兑骚动，这会加速格雷姆商会的经营恶化，甚至有可能陷入无法挽回的态势。

"就这样吧。我们的同事醒了，我们也要回去了。"剑持律师抛开年长的哀田律师，向刑警们宣称道。

"你已经能动弹了吧？"

我点了点头，理了理衣服，又拿起盖在腿上的外套，还给剑持律师。

"这个，谢谢了。"

"嗯。"剑持律师若无其事地收下了。

正在这个时候，有人从走廊跑了进来。门被匆忙地打开了。一个穿着西装的男人走近两位刑警，靠近他们耳边说了些什么。

"……暴露狂？"听到一个刑警在嘟囔。

"那附近的公园吗？"

我不禁朝着窗户看去，从窗户边可以看见绿色，离公司大楼五分钟左右的距离，应该有一个小公园。

"你们不要管我们了，快点抓住暴露狂吧。"

剑持律师面对刑警们，高高在上地说着，手上拿着价值一百五十万日元的包，大模大样地走了出去。

"快点回去，要工作了。"剑持律师从我面前经过的时候，视线朝着我这边看过来。

"是。"我的声音比想象中大。

我又稍微发了一会儿呆，剑持律师就已经越走越远了。我赶紧快步追了上去。

3

第二天是星期六，我在事务所工作，一天就这么结束了。星期五在格雷姆商会花费的时间太长，其他工作受到了影响。而下个星期一要去医院，办理奶奶延长住院时间的手续，所以，必须提前完成周一相应的工作。

晚上跟筑地约好了一起去吃饭。我一直工作到了约好的时间，才飞奔离开了事务所。

他预约了银座的一家创意和食店，筑地选店的品味很好。等我到达店里的时候，筑地已经坐在了半开放房间的座位上。

"对不起，我迟到了。"虽然我是准时在约定的时间到的，但还是习惯性地道了歉。

"今天也要工作吗?"筑地摊开湿毛巾一边擦着脸一边说。对于我刚才的道歉,他也没有说什么谅解的话,还是那种蛮横的态度。

"是的,对不起,平时的话我会调整工作,把时间空出来。但是昨天发生了突发事件,所以耽误了时间。"

我的脑海里浮现出了只野女士,但我赶紧把记忆的残影抹掉。一想起来,饭就要吃不下去了。

"休息日还要上班,真是辛苦啊。"

筑地说,我感觉到他的眼神中闪过不快。

至今还是有很多男性讨厌女性休息日出勤。

"其实是我在工作中闯了点小祸呢。嘿嘿。"我马上就把这个话题糊弄过去了。

即使告诉他我的工作有多累,也无济于事,那还不如开朗地把话题圆过去。

筑地询问了我的要求,熟练地点了菜。虽然都是些很细节的地方,但是筑地这样的举动,增加了我对他的信任。

筑地这个人虽然有些地方很傲慢,但是个工作能力很强的人。

我们漫无边际地交谈。工作的事、休息日做些什么、老家在哪里……处在结婚适龄期的男女聊天的内容大致上是固定的。

聊了一会儿之后,筑地很开心地说道:"玉子你真的很特别呢。有没有人说过你是治愈系女孩？"

跟筑地的第一次见面是在相亲联谊会上，我是有过一些特别的言行，但是第二次见面的时候，就是一对一正常地聊天。经验告诉我，应该给他留下一种踏实的印象才是上策。

所以筑地也不是真的认为我很特别，或者治愈系吧。我只不过是得到了筑地的认可罢了。他觉得我是"有能力让他高兴的女人"。

什么特别啊、治愈啊，男人们都会用一些好听的措辞。只不过，是我让男人使用那些措辞的。

"是吗？"

我歪着头，装傻给他看。这已经变成一种特定样式的行为对话了。只不过是男人扮演着男人的角色，女人扮演着女人的角色罢了。一遍遍地重复，人就会变得空虚。

跟筑地下次约会的话，他一定会向我表白。虽然不知道会不会走到结婚那一步，但是只要我表现得好，就有可能。应该还会举行华丽的婚礼，让朋友们羡慕吧。我能看到那样的未来，但是我觉得那样的未来，眼前一片黑暗。

"你奶奶的事情，你也很辛苦。没有必要那么拼命工作吧。"筑地轻松地说道，"玉子你一定会成为很美的新娘子的。"

我不置可否地笑了起来。正犹豫着要接什么话的时候，我听到包里的手机在响。一想到有可能是医院打来的电话，我就急忙伸手去接，原来是剑持律师打来的。

"对不起,我接个电话。"

我一边道歉,一边离开了座位。可能剑持律师有很急的事情,我不能不接。

"美马律师。"

我接了电话,剑持律师没有打招呼就开了口。

"你能回事务所吗?川村律师来了,事情变得很麻烦。"

"事情变得很麻烦?"

我想起了川村律师那严肃的、像岩石般的身影。

"他问'美马不在吗?'到处在找你呢。"

"欸?为什么?"

"我不知道。"

剑持粗鲁地回答。

"总之,我只是转告你这件事,你最好回事务所一趟吧。"

我不知道川村律师有什么重要的事情,但是,好像很棘手。我叹了一口气,觉得很累。

回到座位的时候,只野女士的事情从我脑海中一闪而过。脖子被割了,疼吗?一定很疼吧。她临死的时候,到底是怎样的心情呢?

突然,我看着筑地的脸问道:"请问,用刀之类的东西,能砍断人的脖子吗?"

筑地吃惊地看了我一眼。

"为什么突然问这种事?"

"没有什么重要的原因,我想,如果你知道的话,就问问看。"

我努力发出开朗的声音,想要继续问下去。

"你是说像断头台那样把脑袋砍掉吗?"

"不,脖子受伤,出血量多是直接死因的情况。"

"嗯……像手术刀那样锐利的刀当然能割断。"

"用菜刀或者小刀切不动吗?"

"嗯,也不是切不开,但是想要一下子切干脆,可能需要相当用力。"

那么就是说,只野女士是被某个人割了很多次吗?听起来很痛,很可怕。

"这样啊……"

"你为什么问这种事?"

筑地露出惊讶的表情,那是当然的吧。

"在我朋友负责的案件中,提到这么一件事,所以就请教你一下,因为很少有机会能和医生搭上话。"

我随便找了个借口,结束了这个话题。

我们出了店,筑地问我要不要去下一家店,我婉言谢绝了。

"非常遗憾,明天早上要早起。下次有机会的话,一定再麻烦您。"

为了不让筑地认为自己没戏了,我莞尔一笑。所以,话术很重要。

结束之后,我加快了脚步走向丸之内。虽然也可以坐出租车，但是我想走一走。星期六晚上的银座很热闹。但是随着离丸之内越来越近，人也越来越少了。那是当然。星期六晚上九点，没什么人会去办公街。

我叹了一口气，但是我的脚步毫不犹豫地朝事务所走去。

虽然已经是星期六的深夜，但是事务所里还有三成左右的律师在，非常热闹。

回到事务所后，不知为何我的心情平静了下来。这里是唯一一个我再怎么尽情工作，也不会有人生气的地方。虽然我并不是对事务所抱有好感，但应该是习惯了，所以觉得亲切。

我的办公室里没有人。我又去看了看隔壁的办公室，剑持律师在吃便当。她正在跟感冒好了后回来上班的古川君说着些什么。

我也想问问刚才电话的情况，就走进了剑持律师的办公室。

"嗨，美马。听说你晕倒了啊？"古川君一脸坏笑地开口说。

他摇晃着带脚轮的椅子，抬头看向我。他的坐相就像把自己打橄榄球锻炼出的厚身板强行塞进椅子里一样。

"啊，剑持律师，你跟他说了吗？"我生气地问。

我很不好意思，不想让人知道我晕倒了的事。而且自己负责的案件，随便告诉其他律师也不好。

"我说了啊。"剑持一副理所当然的表情。

"因为回到公司的古川君也加入了我们组，所以跟他共享了案件信息。现在事情变成这样了，所以接下来的案件调查也不知道怎么进行。"

剑持律师从便当盒里拿出一块炸鸡块，放进嘴里。

我一瞧，那是一份装在粉色塑料盒里的手工便当。凉拌青菜、西蓝花、羊栖菜、煎鸡蛋、炸鸡、土豆沙拉，装得满满的，很漂亮。每个都制作得很精心，色彩也鲜艳。

"剑持律师还会做饭啊……"我小声说着。

剑持律师和厨房不搭。而且，我对做饭很有自信。我一直以为在做饭上，我不会输给剑持律师的。

"不，这是刚才剑持律师的男朋友拿来的。"古川君补充道，"说是星期六也要工作，辛苦了。这是慰问品呢。"

"欸……什么？"

我惊愕得僵住了。

这个世界上，有男人为了星期六工作的女朋友做便当，还送到女朋友的工作单位？去哪里才能遇到这样的人呢？我根本不知道剑持律师有男朋友。我一直以为她这么强势的人不可能有男朋友呢。

剑持律师完全不知道这个消息会给我带来什么冲击，面无表情地继续吃着便当。

"信夫他，啊，信夫是我男朋友的名字。"她一边把土豆沙拉丢进嘴里，一边说，"信夫他的兴趣爱好是做饭。真不敢相信，他喜欢这么麻烦的事情。"

让我难以置信的是剑持律师。她就这样理所当然地吃着男朋友亲手做的便当。

"你在哪里认识了这么好的男朋友呀？"我纯粹是出于八卦问道。

"是在去国外旅行的时候遇到的。他好像是去参加什么学会。但是，特别愚蠢的是，他的钱包被偷了，正为难呢，所以我帮了他。之后，他就和我很亲近了。"

剑持律师若无其事地说着。

确实，在国外为钱包被盗而为难的时候，如果剑持律师出现的话，我也会很安心，可能也会因此而着迷……

"不说这些了，更重要的是川村律师。"剑持律师开口说道。

我也是为了问那件事才来的。

"他有什么事吗？"

"不知道啊，是不是邀请你打高尔夫？"剑持律师随意地回答道。

"这么说来，川村律师还问了一句，'美马有奶奶吗？'"

"奶奶？"

我吓了一跳。我和祖母两个人住这件事，可能在当初找工作的时候，跟谁说过吧。但是，我没想到川村律师会知道这件事。

"那剑持律师你是怎么回答的？"

"我只是说'我怎么可能知道'。"

我苦笑。中介啊协调啊之类的工作，剑持律师不适合做。

第二章 血、血

"你一会儿去川村律师的办公室看看不就好了？"她轻描淡写地说，"对了，这个，你看了吗？"

说着剑持律师转换了话题。

她把放在桌子上的报纸拿过来，递给我。

"看第二版，昨天的事件报道出来了。"

我翻开报纸，上面有一篇小报道。

格雷姆商会发现职员的尸体

十五日上午十一点四十分左右，东京都港区××，在格雷姆商会股份有限公司的四楼会议室，该公司总务科长只野爱子（三十五岁）颈部流血倒在地上，正好在隔壁房间的该公司顾问律师们发现了尸体，拨打了110。××署警察赶到时，只野女士已经死亡。

据调查，只野女士的脖子上有一处很深的伤口，在××大学医学部司法解剖的结果是失血过多引起的死亡。从只野女士尸体旁发现的刀具上只发现了只野女士的指纹。警察认为该案件有他杀的嫌疑，正在进行搜查。

我努力不让自己回想起那时看到的情景，通读了一遍报道。

"目前只有这篇报道登出来，但是很快就会引起骚动吧。"

剑持律师皱起眉头。

"不久就会有员工泄露出去,那个房间被称为'斩首室'。在'斩首室'里面斩首的尸体什么的,周刊杂志应该会趋之若鹜吧。"

媒体聚集的话,工作肯定会很难进行下去。作为律师要做的工作没有改变,但是,在所到之处被媒体紧跟着采访调查却是令人郁闷的,明明从律师的口中不能透露任何信息。

"但是,只野女士是被谁杀的呢?我们明明就在隔壁的房间里。"

剑持律师疑惑地看着我,说道:"你在说什么啊,这不肯定是自杀吗?"

"自杀?"古川君和我同时反问道。

"那是当然的。如果运送那种状态的尸体,血怎么也会溅出来。可是,走廊上没有血的痕迹,也没有擦拭血迹的时间。所以,只野女士肯定是在那个斩首室里被割了脖子的吧。"

剑持律师把吃完的便当收起来,继续说道:"只野女士的死亡时间是十点十五分左右到十一点四十分左右。在这期间,我们明明就在隔壁的房间里,却没有听到尖叫声和响动声。如果是被杀的话,应该能听到争执的声音和抵抗的声音。所以从只野女士的行动来看,她是老老实实地和犯人一起进入到斩首室里,连声音都没有发出就被杀了,这不是很奇怪吗?"

"但是,也可能是犯人假借别的事情把她叫出来,用药将她迷昏后,然后下手吧?"

我以读过的推理小说为基础，胡乱猜测着，反驳道。

剑持律师摇摇头。

"怎么可能呢？我们十点开始就在隔壁的房间里。就算是在进行听证会，也有可能中途离席去洗手间，或者提前结束听证。凶手不可能特意选择这样容易被目击到的时间段去杀人吧。"

"但是，反过来说，这也促成了不在场证明。比如近藤，到十一点左右都和我们在一起。"

"你在说什么呢？尸体发现时间是十一点四十分，近藤的不在场证明是不成立的。"剑持律师断然说道，"而且，如果说这是为了伪装成只野女士的自杀而做的伎俩也很不自然。把人叫到屋顶上，推下去之类的，不是还有很多其他更简单的方法吗？"

"是这样吗？"

我一直以为这是杀人案件，可是现在这种想法渐渐退缩了。

"本来嘛，什么都认为是他杀，这种想法本身就不对。"

剑持律师面向我说。

我一下子被说中了，吃了一惊。

"根据现场状况，认真分析的话，应该就是自杀了。只野女士一个人进入了'斩首室'，用自备的小刀斩首自杀，所以没有声音，刀上只附有只野女士的指纹。如果是他杀的话，犯人不会把刀带走吗？而且听美马律师说，在没有发现尸体

107

前，房间的门是稍微开着的吧。如果有犯人的话，一定会把门关好再离开的吧。"

这么说的话，确实如此。如果考虑是自杀的话，逻辑就通顺了。而且，只野女士也没有什么他杀的理由。

"但是，就算是自杀，为什么要用'斩首'这种方式呢？"古川君插了一嘴。

"那样子感觉又痛又吓人，应该有更轻松的死亡方式吧。"

"确实。"我点点头。

我突然想起刚才筑地说的话，继续说道：

"说起来，自己割自己的脖子，真的能做到吗？如果是像手术刀那样锐利的刀的话，是可以的，但是如果是平时购买的刀具的话，除非相当果断地猛割下去，不然应该是割不动的。"

剑持律师沉默地重新对着电脑，开始搜索"斩首自杀"。

"看，过去不是有过例子吗？"剑持律师指着几年前的一篇新闻报道说道。

是关于一位在杂木林中头部流血倒下的男子的报道，据说是自己割脖子自杀的。

"如果不下定决心就割不断的话，那只野女士应该是下定决心了。从理论上考虑，可以得出这样的结论。"剑持律师打了个哈欠，说道。

"如果没有相当大的决心，应该完成不了这样的自杀吧。"

我想起了只野女士圆圆的脸和大眼睛。我不敢相信她已经不在这个世界上了。

"是什么将只野女士逼到这种地步呢?"我自言自语地问道。

剑持律师一边做着伸展动作一边说:"我才不知道呢。那不是该警察调查的吗?"

她一副从心底里没兴趣的样子。

"参与这样的事件,一分钱都拿不到。快回去做自己的工作吧。"

在剑持律师的催促下,我离开了办公室。一边走向川村律师的办公室,一边思考,头脑里一片混乱。

确实,剑持律师说的话很有道理。但是,只要不明确只野女士自杀的原因,就没有说服力。我想知道把只野女士逼到这种地步的理由。

突然,我想起了只野女士的话。

——"如果我好好处理的话,本来有可能挽救公司的。一想到这,我就……"她曾经说过这样的话。

与我们交谈后,她发现了自己的错误。因为自己的失误,导致公司要破产了。她是不是苦于这件事才自杀的呢?

选择在"斩首室"自杀似乎也有其意义。在斩首室被斩首,也就是说,只野女士觉得被辞退的应该是她自己。所以,她这么做是为了表达对公司的自责之情吗?这么想,所有的逻辑都通顺了。

我心情变得郁闷,无法释怀。确实工作很重要,对公司有责任感当然是好事。但是没有什么东西是非要牺牲生命来守护的。我们告诉只野女士她的错误,可能也有些不够谨慎了吧。

我想着想着,到了川村律师的办公室。

我往办公室里面看了一眼,电灯灭了,门看起来也锁着。

慎重起见,我试着将手放在门上,推了一下。门往里开了。

"咦?"川村律师没有上锁就回家的话,那就太不小心了。

有时,律师的办公室里会放一些机密信息。因此,除了事务所的大门和楼层的入口之外,每个办公室都可以用电子锁上锁。通常情况下,离开办公室回家的时候一定要上锁。

房间里十分昏暗。我左看右看,凝神观察。因为我的动作,感应型的电灯亮了。我眯起眼睛看着明亮的房间,惊呆了。

川村律师趴在高尔夫推杆垫子的旁边,在他的背上插着一把刀。

刀刺穿了他的白色衬衫,插进了身体。那把刀看着比水果刀大,但是没有菜刀大。像是被人从背后捅了,刀几乎垂直地插在他的背上。

刀的周围被血染成了红黑色。红色的斑点还在慢慢扩散,这说明还在持续出血。

我的头开始变得晕晕乎乎,我一下子抱住了自己的头。

我做好了再次晕倒的心理准备，往后退了一步、两步。

这时，我听到了声音，"呜呜……"是川村律师的呻吟声。我一看，川村律师的手在微微地动着。

我立即跑出了房间。川村律师还有气息，我不能倒下。如果再待在房间里的话，我可能又要晕倒了。我一边抑制着身体的颤抖，一边环视办公区域，隔壁第三个办公室还亮着灯。

我奔进了那个办公室。

救护车顺利到达，把川村律师送去了医院。

由于偶尔会有因为工作过度在事务所晕倒的人，所以事务所这边也习惯了叫救护车，救护车也习惯了赶来。

川村律师被送入了急救室进行治疗。听说川村律师部门的律师会陪同照料他。

我回到了我的办公室。

我坐在自己的座位上，"呼"地吐了一口气，轻轻闭上眼睛，调整呼吸。

"辛苦了。"

有声音传来。

我抬头一看，津津井律师站在办公室门前。

"我从剑持律师那里听说了。"

津津井律师穿着比平时工作更休闲的休闲裤和衬衫。应该是得到川村律师受伤的消息，急忙从家里赶过来的吧。

"现在能聊一会吗？"津津井律师的语调很温和。也许是心理作用,我觉得心情放松了。

"嗯。"

我点了点头。津津井律师关上了办公室的门,坐在我旁边的椅子上。

"你联系警察了吗?"

"我刚才报警了。因为是深夜,所以警察可能会比救护车晚到。"

津津井律师微笑着,似乎很满意。

"这个事情有些棘手,所以这个时候,还是不要让警察进入事务所。"

"什么,"我不禁问道,"不让警察进来吗?"

"是的。这件事我会压下来的。"

津津井律师依然微笑着。

"川村律师确实受到了袭击。他在努力挽救格雷姆商会。他手里掌握了一些危险的信息。因此,差点就要被灭口。这是我的推测。"

"被灭口……"我惊愕地接不上话。

我知道律师的工作是伴随着危险的,也听说过,有律师因为遭到客户的怨恨而被推到电车轨道上。但是万万没想到,这种事会发生在自己身边。

"但是……也不一定是和格雷姆商会的事有关吧。川村律师负责了很多案件,也可能因为别的事情而招来了怨恨。"

"当然也有这个可能性。但是,继昨天只野女士的事情之"

后，这次又是川村律师负伤。危险的事情接连发生，我不认为这完全是偶然。"

确实，连续两天发生了伤亡事件。两名受害者都与格雷姆商会有关系。这样一来，自然会认为这次事件与格雷姆商会有关联。

"下周，各个报社的周刊杂志都会大肆报道只野女士的事情。现在已经有传言说格雷姆商会要破产，光是这样的舆论，就很有可能让格雷姆商会命悬一线。而如果这次的事情被警察知道，就会成为对格雷姆商会的致命一击。因为到时各大媒体一定会竞相报道格雷姆商会濒临破产。"

本来，警察也并不一定会公开所有的信息。如果做通警察局宣传负责人的工作，也许可以划分为可公开信息和非公开信息。但是，这样的话，主动权就取决于警方的判断了，我们得不到十足的保证。

"川村律师本人也不希望这件事被警察知道。"

我犹豫了。

停顿了一会儿，我说道："是真的吗？川村律师的生命受到了威胁。虽然是为了工作，但是否愿意拼上性命，除了他本人以外，其他人都不得而知吧。"

也许，川村律师会做出判断，为了不让格雷姆商会破产，而选择不把事件公开。但说到底，这件事还是应该由他本人决定。我认为，其他人不能站在川村律师的立场去揣测怎么处理这件事。

"川村律师给我留了一张字条,上面写着无论他出了什么事,都不要把保密内容交给警察。好像他给夫人也留了同样内容的字条。"

津津井律师叹了口气,说道:"确实很像川村的风格。他是个真性情的男人。"

他笑着,眯起了眼睛,像是陷入了对往事的回忆。

"我们从学生时代开始,有将近三十年的老交情了。"

我从来没有见过津津井律师和川村律师亲密地谈笑。一直以来,他们两个人都是作为对立的双方被议论。虽然我很意外津津井律师谈到川村律师时的口气,但是他的话却有着非同寻常的说服力。大叔之间的友情,外人看来是很难理解的。

"但是,不让警察进来,这种事能办到吗,都已经报警了。"

"没关系。"

津津井律师把视线投向了外面的办公区。

"我在事务所门口的地方安排了剑持律师。今天她应该能把警察赶走吧。"

"啊,确实。"我说。

剑持律师好像很讨厌警察,外表也很强势,应该能暂时应付一下。

"之后也没关系。我们律师有拒绝扣押权和拒绝证词权。"

法律规定,在律师需要履行保密义务的情况下,可以拒绝被扣押和拒绝提供证词。

"但是……警察会反对吧？"

"嗯。但是，只要主张拒绝扣押权和拒绝证词权，争取时间就可以了。在这期间，如果川村律师身体好起来的话，之后他应该会做出有利于我们的证词的。"

如果一切顺利的话当然很好，但是我觉得不确定性因素太多了。

"没关系的。"

津津井律师似乎察觉到了我的不安。

"川村是个顽强的家伙，后背被刺伤是不会死的。让我们来查清是谁刺伤他的。"

津津井律师迅速站起身来。

"我去支援一下剑持律师，她可能已经把警察赶走了。放心吧。"

津津井律师像圣诞老人一样开心地笑着，走出了办公室。剩下我一个人，一动不动地抱着胳膊，低着头。因为发生了太多事情，所以没能整理出头绪。只野女士的事情可能是自杀。但是，川村律师却是后背被刺伤，那一定是被别人刺的，不会错。可是到底是谁刺的呢？

虽说事务所的大门是上锁的，但是如果有安保卡的话就可以进来。除了四百多名律师之外，如果还加上工作人员的话，犯罪嫌疑人有一千人以上。还有可能有人丢失了安保卡，或借给第三人。所以完全确定不了谁是嫌疑人。

津津井律师不知为何很确信，断言这件事与格雷姆商会有关，但我觉得也不一定。

川村律师本来就很傲慢，在别的地方遭人憎恨也不奇怪。

我什么也想不出来，什么办法也没有，只好停止了天马行空的想法。

我倒在了办公室的旧沙发上。

我想着必须要卸妆，但完全没有卸妆的力气。

我就这样包在毛毯里睡着了。

第三章 相同又不同的我们

1

正如津津井律师所言，川村律师保住了一条命。

那么大量的出血，如果是正常情况的话，很有可能会失血而死。也许是奇迹，也许是冥冥中理当如此，川村律师依靠着顽强坚韧的生命力支撑了下来。

只是，他的意识还没有恢复。

第二天早上，警察赶到了事务所。听说警察与事务所的大楼房东进行了商讨，拿到了 ID 卡。

事务所派出了负责把风的律师，不让警察接触机密文件和数据。经过几番争执之后，警察只进行了摄影和指纹检测等现场验证，就离开了。虽然这次警察没有拿到川村律师的个人物品，但是他们一定不会放弃吧。如果川村律师不早点恢复意识的话，格雷姆商会的机密信息很快就会被泄露出去。

虽然律师在努力保护格雷姆商会，可是关于格雷姆商会的负面新闻还是飞快地流传开来。在各报社的周刊杂志上，引发了骚动，到处都在报道"斩首房间的斩首事件"。

媒体报道的聚光灯目前只是着眼于只野女士骤亡的原因，对格雷姆商会的业绩恶化，只是轻微地涉及，但是，格雷姆商会的客户肯定也会注意到这样细枝末节的信息吧。我

119

想，这次事件对格雷姆商会的进货和融资产生恶劣影响也不过是时间的问题了。

媒体还对格雷姆商会职员进行了采访报道。

报道上写着，死亡的只野女士是一个很好的人，很受大家喜欢。她的父母早逝，由年长许多的姐姐抚养长大。但在她上大学期间，姐姐也去世了。

此后，只野女士便到了姐姐工作过的金属公司工作，后来又去了一家贸易公司工作，之后跳槽到了格雷姆商会。以前公司的同事也都说只野女士是个认真的人，别人忘记做的工作她也会主动揽下来。

在这种报道里，只会出现非常好的人或非常坏的人两种情况，所以只信一半就好。我心里虽然明白这一点，但还是忍不住同情只野女士。

失去双亲，失去姐姐，然后本人还年纪轻轻便死了，连死的样子都惨不忍睹，想必她也心有不甘吧。我揣度着只野女士的心境，想着，假如是我的话，会怎么样。假如是我的话，我可不想被别人同情。所以，可能只野女士也不想被别人同情吧。但是，我还是觉得她很可怜。

我想，至少也要搞清楚只野女士死亡的真相。如果她是自杀的话，为什么她会不得不选择死亡呢？

还有，这件事情与川村律师被袭击的事情，也有着千丝万缕的关联，让人很在意。即使川村律师本人已经接受了这种后果，他的妻子、家人肯定也希望能够好好调查这件事吧。

虽说如此，事务所的其他业务也不会停止。匆匆忙忙的一天过去了。

奶奶的住院时间延长了。不知是在哪里染上了风寒，奶奶这几天一直在发热。因为身体抵抗力下降了，所以治疗堵塞血栓的手术也延期了。因此，相应的住院时间也延长了。办理住院延期手续，给奶奶送去替换的枕头、睡衣，买假牙清洁剂等，零零碎碎的事情要费不少精力。

之后，我和剑持律师分别被叫去了警察局。关于只野女士的案件，警方进行了正式的供述笔录。其实我们也只是重复了一遍之前说过的话。我没有向警察透露格雷姆商会濒临破产，以及收到了内部投诉所以我们展开调查等信息，也没有向警察提到与川村律师有关的话题。看剑持律师的样子，一定也没说。

一周左右过后，十月二十五日，津津井律师召开了会议。

参加成员有剑持律师、古川君和我，不知为何哀田律师也在。

"哀田律师有信息要共享。"

津津井律师用平常的语气，沉稳地开口说道。

哀田律师匆忙地给我们派发了资料，说："我们已经与赞助商谈妥了关于格雷姆商会的合同。"

说话的哀田律师脸色暗沉，或者不如说是苍白。因为上司川村律师受伤，很多案件都落到了哀田律师身上。

哀田律师平时被川村律师驱使惯了，川村律师不在期间，压力应该减少了吧。但是业务量增加的话，一加一减，也还是很辛苦。

"格雷姆商会虽然是个有很多制度漏洞的公司，但宣传部门和市场营销部门却是出类拔萃的。原本就有很多想要学习他们的技术和经验的需求，这次公司决定把整个部门一起卖掉。"

本来的话，还能通过和别的公司订立业务合作合同等的方式，由格雷姆商会向他们提供技术和经验，作为对价交换，得到别的公司提供的其他服务。通过订立业务合作合同，也有可能得到学习费用，有现金入账。

但是，格雷姆商会已经是濒死的公司了，现在的状况是迫切地想要得到一笔大额的资金。应该就是因此，才被别的公司抓住了弱点，达成了买卖整个部门的交易。整个部门一起买的话，掌握技术和经验的员工也会跟着一起过去，所以连员工培训也不需要了，也不用重新构建组织部门。

"买方是这家公司吗？"剑持律师指着分发下来的资料问道。

"是的，就是这家公司，公司名叫特托拉贵金属。"哀田律师回答道。

我的视线落在了手边的资料上，是一份叫作特托拉贵金属的公司登记簿。

"因为是没有上市的公司，所以无法得知股东构成等信息。"哀田律师补充道。

我看了看登记簿副本，觉得没有什么特别的信息。

董事长的位置写着"赤坂宗男"这个姓名和他在世田谷区的地址。特托拉贵金属的总公司好像在涩谷。

但是，我心中总觉得有什么地方值得在意，好像最近在哪里听到过。我努力回忆，突然，下一个瞬间，"特，特托拉贵金属？"

我不由得脱口而出。

其他四个人一起看向了我。

"不，不，没什么。"

我敷衍着说。

特托拉贵金属，就是奶奶从交往对象帅爷爷那里收到戒指的制造商。奶奶拿戒指给我看的时候，首饰盒上刻着公司的名字。

只不过是奶奶收到礼物的制作商而已，也没有其他的意义。尽管如此，听到了耳熟的词汇，我一下子条件反射地喊出声来，真是不好意思。

特托拉贵金属是创业十几年的新兴珠宝制造商。虽然市场占有率还没有达到前十名，但是销售规模正在稳步扩大。

服装企业的宣传部门和市场营销部门，也能为珠宝制造商所用吧。

"特托拉贵金属收购格雷姆商会，是板上钉钉了吗？"津津井律师问。

"是的，已经谈妥了。"哀田律师用疲倦的语调回答说，

123

"无论如何，能收到一笔现金，可以暂时延长公司的寿命。"

暂且避免了格雷姆商会的危机，哀田律师应该能挺起胸膛，更有底气一些。但是，他看上去很疲惫。

"川村律师也参与了与特托拉贵金属的商讨吧？"津津井律师问道。

"是的。"哀田律师一边打开手机的日程表一边回答，"从上个月开始进行了四次商讨。"

津津井律师抱着胳膊，若有所思。

"其实，我看了川村律师留下的手账。"

津津井律师从放在脚边的袋子里拿出了一本皮革手账。手账表面是有光泽的浓茶色，有明显的使用痕迹。

"他被刺当天，去拜访了特托拉贵金属的社长。"

"什么，川村律师去了吗？"

哀田律师猛地提高了声音，比平时说话的声音大，稍微有些走调——可能是震惊于川村律师的行动。

"川村律师与特托拉贵金属的社长为了讨论合同，见过好几次面。但是，川村律师直接去拜访社长，这是不可以的吧。"

我注意到，哀田律师的眼睛似乎一下子变暗了。

在讨论合同的时候，多数情况下对方也会有律师陪同。而跳过律师，直接与对方本人商讨，作为律师不是一个合适的行为。

"你不知道吗？他好像是一个人去社长家拜访，然后当天晚上被刺了，也许是知道了什么不该知道的事情。"

第三章 相同又不同的我们

我无法释然,即使是知道了什么不应该知道的事情,又能有什么信息是对方宁可刺杀川村律师也想要阻止的呢?

"特托拉贵金属,这家公司很奇怪,是一家从各种各样的公司吸收了部门而建立起来的、东拼西凑的公司。这家公司,有些……"

津津井律师闪烁其辞。他一直是个堂堂正正、说话清楚明了的人,所以这种含糊暧昧的态度很少见。

"总之,情况发生了变化。关于格雷姆商会内部投诉的事情,也许还是认真调查一下比较好。"

"我们本来就打算认真调查的。"剑持律师插嘴说道。

"近藤玛利亚的人品和德行,现在不重要了。去调查一下近藤以前在籍的公司破产的原因是什么,是怎么破产的。"

"为什么呢?"我终于开口了。

川村律师的受伤可能与特托拉贵金属有关。但是,是否牵扯到近藤玛利亚和格雷姆商会还是个疑问。

"现在不能说理由。"

"但是,不知道调查的目的的话,我们也很难调查。"剑持律师反驳道。

但津津井律师只是摇头。

"我还是不能说。这只是我的猜疑,不,也可能是毫无理由的想象,现在还无法确定。我接下来要去国外出差,一周后回来,回来后再说吧。在那之前,请你们去调查一下近藤玛利亚过去工作的三家公司。"

125

我窥探着剑持律师的脸色。

剑持律师板着脸沉默了几秒钟，勉勉强强地说道："明白了。"

"你们听好了，如果卷入危险的事情中，立即脱手，安全第一！去做吧。"津津井律师看着剑持律师的眼睛说道。

这句话应该是说给剑持律师听的。

剑持律师带着苦涩的表情点点头。我们决定分头调查。

近藤玛利亚过去工作过的是小野山金属、丸幸木材、高砂水果三家公司。

小野山金属由古川君负责，丸幸木材由我负责，高砂水果由剑持律师负责。

我们三个人是用抽签的方式决定的。

古川君抱怨说："我希望能抽到丸幸木材啊。"

确实，抽到丸幸木材，我觉得很幸运。

虽然说都是破产了，但是有各种各样的模式。有的公司完全消失了，有的公司还有一部分继续存在，还有的公司正整理债务，以期重建。

小野山金属和高砂水果已经完全消失了，就是所谓的在走破产程序。因此，原来的员工都分散到各个新公司去了。

古川君抱怨道："不知道从哪里找才好。怎么去打探消息呢？"

剑持律师马上回答："去求职信息网站上查一下吧，上面有很多人公开自己的简历。搜索小野山金属的话，就能找到过去在小野山金属公司工作过的人。找到这个人之后，再请他介绍其他的员工，取得联系，像这样顺藤摸瓜地调查不就好了吗？"

听起来是个简单的方法。但是，剑持律师很快就能想到这一点，也让我佩服，也许她意外地擅长这种特殊的案件呢。

"美马律师的丸幸木材就简单多了。"

我点了点头。

我负责的丸幸木材是采用了资产重组的方法。

虽然公司的收益目前已经有了很大提高，但是如果马上归还债务的话，公司会撑不下去。这种时候，公司可以请求暂时停止返还债务，重振企业，等企业有盈余了再返还债务就好。

这对于债权方也是有利的。与其现在让公司消失，一分钱也拿不到，还不如等几年再还钱比较好。

申请资产重组要就如何重建公司制订计划，然后提交法院。经法院审查，确定按照这个计划进行的话，就停止偿还借款，开始重振公司。花五年或十年的时间，把欠款还清之后，程序结束。

我说："我去拜访正在重建的丸幸木材。"

"好的。"剑持律师回答。

"今天是十月二十五日，星期一。"

古川君将视线投向了办公室墙上贴着的日历，说道。

"津津井律师应该在下周一，也就是十一月一日回来。"

剑持律师走近日历，指向十月二十九日，周五的位置。

"总之，到本周五为止的五天里，我们分头调查一下。周末把信息汇总在一起就可以了。需要合作的时候，随时打招呼。"

我抱着默认的想法，没说话。

剑持律师瞪大眼睛，高声问道："答复呢？"

我吓了一跳，条件反射性地回答："是！"

古川君似乎已经习惯了，开朗地回答"好的，好的"，回到了自己的座位上。

丸幸木材的总公司兼工厂，要从立川站换乘地方线电车，再在电车上摇晃十五分钟左右才能到达。

我第二天早上八点从家里出来，但是到达距离工厂最近的车站时，已经将近十点了。

车站前虽然商店熙熙攘攘，但拐过这条大路，就是排列着小工厂和仓库的都道[6]。没事的话一般人是不会来的。

这一带每隔几百米就有一家木材店。

除了从三面环绕的山林中砍伐原木运过来的本地木材店外，还有从其他县运来的木材。我走在都道上，两辆载有原木的卡车从我身边开了过去。

---

[6] 日本的行政区划分为一都（东京都）、一道（北海道）、二府（大阪府、京都府）和四十三个县（类似于中国的省），文中的都道指的是由东京都建设、管理的道路。类似于中国的国道。

第三章　相同又不同的我们

我穿着夹克外套、连衣裙、高跟鞋来这里，感觉很不搭。

我很快就知道了丸幸木材的位置。

公司面向都道，挂着木制的招牌。招牌上刻有公司标志，是一个圆，里面写了个"幸"字，还雕刻着公司名称"丸幸木材"，涂成黑色。

公司门前面向道路一边的空地，大约有三十米宽吧。虽然不知道长度，但是看上去很宽敞。左边是一幢平房，挂着"幸元"的门牌，应该是公司创立者一家的住宅吧。

右边有一栋二层楼的办公楼。正门上面装饰着一块木板，刻有公司名称，非常气派。

我走进办公楼，负责接待的前台坐着一位五十多岁的女人。

"早上好。"

女人的声音非常响亮。

我也打了招呼，递上了名片。在来之前，我事先联系过要来访。

"您是昨天给我打电话的律师吧。"女人亲切地笑着，用真诚的语气说道，"我还以为是严肃的大叔来，做好了思想准备。虽然电话那头是女声，但我想一定是秘书吧。原来是您这样一位可爱的小姐在做律师啊。"

她站了起来："这边请，社长已经空出时间来了。"

女人说着，走出前台，上了办公楼里面的楼梯。我也跟在后面。二楼只有两个房间：接待室和社长室。女人面向社长室，敲了敲门。

没有回答。稍等了一会儿，再敲门，还是没有回答。

"莫非，社长又……"

说完，她直接打开了门。

看起来好像没有人。

里面摆着社长的办公桌，面向房间门口。前面是办公室常有的接待空间。在茶几的两侧，各有一张陈旧的双人沙发。

女人走近了那张沙发。

"社长，请起床呀，快！"

声音很大，但是却没有反应。

我也战战兢兢地进了房间，看了看沙发。

一位六十岁左右的稍胖的男人，裹在毛毯里，头顶部分秃了，但是周围的头发很茂密。

"社长！"

女人从房间角落的窄高的储物柜里拿出苍蝇拍，拍打着社长的侧脸。

"欸，欸？"我不禁发出声音。

虽说社长到了约定的时间还在睡觉，但也不用拿苍蝇拍这样拍打自己公司社长的侧脸吧。

"美马律师，真对不起，我家社长的作息真是太糟糕了。"

听到这句话，我突然意识到，这位负责接待的女人应该是社长的夫人吧。正因如此，才能做出拍打自己公司社长的侧脸这样的事情。

"明明家就在公司旁边,但是他连回家的时间也觉得可惜,所以经常在办公室睡觉。昨晚熬夜了,刚才还醒着,我还以为没问题。结果,趁着间隙又睡着了。"

社长夫人平淡地说着,我对社长心生怜悯。

拼命工作,好不容易睡着了,却要被苍蝇拍拍醒。

"我们变更一下访谈的时间吧?"

我小心地提议。到这里需要两个小时,所以我没有说改天。这附近好像没有很多消磨时间的地方,回到车站前的话,大概有咖啡店吧。

"不,我会叫他起床的。"

社长夫人来了劲,继续拍打着社长。

我感到如坐针毡:"您请住手。我这边没关系的。"

但是夫人却说道:"不,我会叫他起床的。"又重新握起了苍蝇拍。

只要我在这里,社长夫人就会继续拍打社长,所以我说:"我两个小时后会再来的。"然后行礼离开了。

被夫人抓住的话,可能会被她很执着地带回去。所以我快步离开了办公室,暂时先朝车站走去。

但是,车站前只有一家小便利店、一家洗衣店、几家拉面店和快餐店,没有能消磨两个小时的地方。没办法,我只好坐在了候车室的长凳上。

进入了十月下旬,凉飕飕的日子也变多了。候车室的门关得不严实,有风从缝隙里钻进来。而且,这个时期还没有暖气和暖炉。

我一边忍着吸入了冷空气有点痒痒的鼻子，一边想着，如果感冒了会被剑持律师骂的，突然小声地笑了起来。

我觉得很不可思议。我不是很喜欢剑持律师，因为在她身边，自己会显得很惨。即使是现在，她的有些言行还是会让我十分气闷。剑持律师生活条件优渥，有时只会片面地看待事物，所以我有时也会蔑视她这一点。

但是，通过这次的事件，我对她产生了一些依恋也是事实。我们一起发现了尸体，这好像在心理学上被称为吊桥效应[7]吧。

我们事务所的律师总体来说都很优秀，其中剑持律师尤为突出，在工作桌前很难看出他们之间的差距。但是，如果置身于这种非正常的场合，是很考验那个人的坚强和温柔的。

在我抱住她一只手臂的时候，她用另一只手支撑着我，还为昏厥的我在腿上盖上外套，给我买了水。

我被她细致的关心包围着。我叹了一口气，像是承认了自己的失败。

"请问，您是美马律师吗？"

突然从面前传来声音，我抬起了头。

等候室的入口处，站着一位三十多岁的青年男子。

---

[7] 指当一个人提心吊胆地过吊桥的时候，会不由自主地心跳加快。如果这个时候，碰巧遇见另一个人，那么他会错把由这种情境引起的心跳加快理解为对方使自己心动，才产生的生理反应，故而对对方滋生出爱情的情愫。

下半身穿着灰色的灯笼裤，上半身是和灯笼裤一样质地的马夹，里面穿着黑色的长袖 T 恤。

"不好意思，我是丸幸木材的员工。"

男人乍一看，像是从事体力工作的，但是却长了一张富有理性的脸。高高的鼻梁给人印象深刻，眼睛里浮现出和蔼可亲的笑意。仔细看的话，没有晒得很黑，双臂的肌肉也很削薄。

"刚才我父亲的事情实在抱歉，我猜想如果您要等他的话，就只有在这里了。虽然这附近什么店都没有，但有比这里更好的地方，我带您去吧？"

他说着，指着候车室外面停着的一辆轻型卡车。

我上了车，在汽车的震动声中，身体微微摇晃着。上次坐轻型卡车的副驾驶座，已经是好久之前的事了。

"我其实想带您到我们公司接待室里好好休息一下，但回到公司后，恐怕妈妈会拼命叫老头子起床。"

"对不起，我忘记做自我介绍了。我叫幸元耕太。"

"嗯，幸元先生，您是社长的儿子？"

"是的，我是社长的儿子。现在为了方便起见，在做副社长。"

他的语气像是在解释什么似的，但是这也不是我该在意的。

"原来您是副社长啊。"

我微笑着。

"您工作这么忙，还专程过来，真是太感谢了。"

因为参加过很多次相亲联谊会，所以这样的话张口就来。

"不，没事，最近工作基本上安定下来了。啊，到了，在这儿。不好意思，请您来这样的地方。"他一边说着，一边把车开进了都道沿线的加油站。

"好！"工作人员向我们打了招呼。

"在这附近，也只有在加油站的咖啡店能喝点东西了。"

耕太尴尬地搔了搔头。

"您客气了。"我马上说。

我本来想在车站的候车室消磨时间的，能在这么暖和的地方喝杯咖啡，已经要高呼万岁了。他还在上班，光是能这样开车过来接我，这份心意我已经很感谢了。

"我妈妈是不是生气了？"耕太看着纸杯里的咖啡，说道。

我们并排坐在咖啡厅的高椅子上。

面前是玻璃落地窗，可以看到在加油站内闲逛的工作人员和正在洗的车。

"请您原谅她，她内心积攒了太多对我父亲的郁愤，因为我们公司原本就是父亲的独断专行而导致破产的。"

我想起了包裹在毛毯里的社长的样子，我无法想象那个身材矮小的男人竟然会独断专行到这种地步。

"您父亲是个有决断力的人啊。"

我换了一种更客气的说法，耕太苦笑着。

"用决断力这种说法，听起来不错，但其实就是独断专行。我们家到曾祖父那一代都在经营旅馆，但祖父转行到了建材业，到父亲是第二代。虽然算不上老字号，但也有很多长期交往的客户。正如您所看到的，这一带山林很多，所以我们基本上都是从本地的林业厂家那里采购原木。"

耕太喝了一口咖啡，一脸苦涩。

"我父亲是个有干劲的人，想积极地把祖父传下来的公司发扬光大。正值当时社会上掀起了建筑热潮，木材需求持续增长。但是，采购量并不是那么容易就能增长的，从经常交往的老客户那里每年采购的量几乎都是固定的。虽说市场有需求，但是如果过度砍伐的话，将来这一带就没有山林了。于是，父亲就开始从全国采购了。"

"原来是这样啊。"

我觉得光听着也不好，于是就随声附和道。

"是的，在祖父那一代，是很少从全国采购的。如果不贪心，到这一步也就算了，可是慢慢地，父亲甚至开始从海外采购原木。因为日本国内产的原木价格很高，我想父亲想从国外低价采购。"

"是从国外进口吗，那是外贸公司在中间作为中介吗？"

"是批发商在中间。在国外，有专向某个国家的批发商。一开始是从东南亚的几个批发商那里分别进货，但是，渐渐地，从印尼的一个叫诺菲的男人那里进货的数量增加了。"

"是个人经营的批发商吗？"

"是的，他很有本事，能广泛地收集各种各样的货源，或者说他头脑灵活吧。因为近些年人们逐渐意识到要保护森林，东南亚的木材也变得很难入手。从合作的角度，诺菲是很重要的存在。而且，如果大量订购的话还可以给我们折扣。我们每个月都会大量进货，事先确定好数量，红木多少吨，柚木多少吨。如果确定好每月的交易数量，可以提高备货和配送的效率，还能够给我们再降价。"

我陷入了思索，无论木材的需求量有多大，如果每个月都采购一定量的话，恐怕也会有卖不完的情况吧。虽说木材可以保存，但库存保管成本也很高。

我问到这一点，耕太苦笑着说："是啊。"

但是神奇的是，卖不完的部分诺菲可以接受退货，说是退货后会返还原木的费用。如果是这样的条件，我们就没有任何损失，所以继续大量进货。但是五年前，突然联系不上诺菲了。父亲去了当地，但是见到的却是个空壳公司。据当地居民说，诺菲的生意破产了，连夜逃走了。

"是这样啊。"我点了点头。

大批量供应商破产的话，对企业的影响很大。

"公司的进货有多大程度依赖于诺菲呢？"

"全部的四成左右。"

"那真大啊。所以，就没有地方进货了吗？"

"不是的，"耕太摇了摇头，"事实上，我们采购的原木还有很多。因为之前每个月都会大量采购。但是，说好退货后归还的费用却没有收到。因此，我们对诺菲持有巨额的不良债权。"

"大约有多少？"

"大约是销售额的三成。"

我哑口无言。仅仅是这个不良债权的数额就令人头晕。而且，把这么大的数额委托给没有任何保障的海外商人，这本身就相当不小心了。

"都是我父亲的错，他太过于相信诺菲了。周围的人都有阻止过他，但他就是不听。所以，母亲到现在还记恨着父亲。"

"好像都阻止过他。"这样的说法引起了我的注意。

"幸元先生您那时在哪里工作？"

耕太羞涩地搔着头。

"啊，我是五年前，开始办理破产重组程序的时候才进公司的。"他的回答与我的提问稍稍有些偏差，是不想谈论原先的工作单位吗？

"所以，关于破产前后的纠纷，您最好还是听父亲说比较好。"

他的口气好像是在说：公司破产并不是我的错。

我喝了一口纸杯里的咖啡。

"但是，您在重建时期进公司的话，很辛苦吧。"

耕太表情严肃地点了点头。

"是啊。我们是一家家族经营的公司，鼎盛时期员工近百人。不仅是工匠，行政岗的人也有很多。由于破产重组必须要把人数减少一半左右。实际上，以前经营恶化的时候也裁过员，因为有合同工和派遣职员，所以会通过让她们辞职来应对危机。只是，这次破产重组不得不对正式员工动手。公司内部的抗议声也很大，我也不得不裁了好几个从我很小的时候就跟着我们家的老工匠，即便是遭人嫉恨也是没有办法的。"

"整顿解雇员工的工作是从事务员开始的吧？"

我试探地问了一句。近藤玛利亚是会计，是被整顿解雇的事务员中的一个吧。

"是的。事务员只留下了几个经验丰富的，其他的几乎全部都辞退了。因为我母亲和我也能代替部分事务工作，但是工匠专业性强，我们无法代替。"

我偷看了一眼耕太的表情。他的脸上看不到拘谨，是放松着的，甚至嘴角上扬，说话也变得流畅了。我下定决心地问道："您知道曾经担任会计的近藤玛利亚吗？"

耕太惊讶地回看我："近藤？我不知道。也许是我负责办理整顿解雇手续的，但是那时我没有足够的精力来记住每一位事务员。"

他说着，神经质地敲了敲纸杯的边缘。

他的手指修长，并且没有一丝伤痕，让人不觉得这是木材加工业第三代传人的手。

"咱们差不多回去吧，父亲应该也起来了。"

他没有与我对视，就离开了座位，把两个空杯子叠起来，扔进了垃圾箱。但是，因为没有控制好力度，没丢进去。

耕太无精打采地去捡，然后把纸杯重新扔进垃圾箱里。我瞬间假装在翻动包找东西，装作没注意到耕太的投篮失误。有些男人会因为这些小事而心情不好，我习惯了这样的体贴。

"美马律师，没事吧？要走了。"

我听着耕太的话，微笑着说："对不起，我现在好了。"

我合上包，追上了他。

社长起床了。

他正在工厂里，对着几位中年男人大声地发号施令。

我一下车，社长就小跑着过来。

"律师，对不起，让您久等了。"

他低头行礼，腰几乎弯成了直角。这是工作上习惯了道歉的人的举动。

他与儿子耕太的体格和长相不太一样。儿子身材瘦小，社长身材圆润，活像个小型战车。他脸上刻满了法令纹，下颌的肉下垂着，大大的耳垂仿佛是七福神里面的惠比寿，微笑的眼角与儿子很像。

我觉得那张脸上刻着作为商人的印记，待人接物的笑脸也好，爽朗的声音也好，都渗透进他的身体里。

我也向他打了招呼，一起回了社长室。

"您是来问破产的原因是吧。"

社长一屁股坐在接待处沙发上，沙发瞬间陷了下去，他体重大概有我的两倍。

"只能说是由于我的失误所致。"他清楚地说。

社长讲的内容与耕太讲的基本一致。

由于过于相信一个叫诺菲的批发商，不良债权变成呆账[8]，导致现金不足。因此，无法向银行和其他客户还钱。

我事先得到了许可，用 IC 录音机录了音。之后有必要与剑持律师和古川君共享。

"没有人阻止您对诺菲的依赖吗？"

"有的。特别是妻子十分反对。但是，我当时比现在加倍地独断专横，所以听不进去。"

这一点也与耕太讲的一致。

"请问您是怎么认识诺菲的？"

"很碰巧，我认识了一个在东京一家大贸易公司工作的人，是他的介绍。"

"那个介绍人是谁？"

"我不能告诉您名字。但是，我们公司的事务员和那家贸易公司的人是熟人，所以通过事务员与贸易公司的人见面，然后贸易公司的人把诺菲介绍给了我。"

"那这位事务员是谁？"

"一位叫近藤的女孩子，主要从事会计工作。"

---

[8] 指已过偿付期限，经催讨尚不能收回，长期处于呆滞状态，有可能成为坏账的应收款项。呆账是未能及时进行清账的结果，又指因对方不还而收不回来的财物。

听到这个名字,我的心跳开始加速。

"近藤玛利亚?"

听到我说出了全名,社长意外地扬起了眉头。

"律师,您知道她吗?确实是玛利亚这个名字。她是一个很年轻的女孩子,给人一种眼前一亮的感觉。"

确实,近藤很注意自己的打扮,在这家木材店里,也许会让周围的人觉得她很显眼,很华丽。

"当然,我认为近藤并没有恶意。当时原木不太容易进货,她是为了帮助陷入困境的我,才给我介绍的。事实上,诺菲的合作条件也很好,只不过过于依赖诺菲是我的失误。"

丸幸木材的经营恶化有近藤的参与。

近藤所在的公司接二连三地破产,难道真的不是偶然吗?

当然,要一下子把公司摧毁是很难的。但是,却可以抓住公司的弱点,让公司往坏的方向发展。如果持续攻击公司的各种弱点,总会在某处给公司致命一击的吧。

"关于近藤女士,您还有其他在意的地方吗?"我为了慎重起见问了一下。

"不,没什么特别的。因为是个年轻女孩,所以我不太清楚。也许我妻子了解得更详细,因为是我妻子负责管理事务员相关的业务。"

我决定改问下一个问题。

"换一个问题,能告诉我公司重建的大概计划吗?"

社长双手撑在茶几上,慢慢地站了起来,打开桌子的抽屈，拿出文件。

"就是这个。法院批准的重建计划书。除了大宗客户外，其他客户的付款需要等一段时间。在此期间必须改善现金流，需要彻底裁员。银行和法院要求尽快裁员，但实际上也很难做到吧。所以，之前我们花了一段时间进行了裁员。之后，我又为他们能找到再就业的地方而到处奔走。"

"您还帮助他们再就业吗？"

社长惊讶地看着我，理所当然地回答说："那是自然，我也不能对从父亲那一代就开始跟着我们的员工置之不顾呀。"

据耕太说，过去也曾进行过人员调整，合同工和派遣员工成为了裁员对象，那时应该没有帮助他们寻找再就业的机会吧。长期工作的正式员工在公司破产的情况下，也会受到优待。

"幸好有一家公司能帮我们接收员工，真是帮了我大忙了。"

"把裁掉的员工全盘接收？"

我怀疑真有那种天上掉馅饼的好事吗？

"是的。我们公司负责库存管理和仓库管理的员工特别优秀，有公司对这两个部门给予了好评，每个部门都接收了十名左右的员工。"

优秀员工的离开对公司来说是个沉重的打击，但目前现金不足的问题是无法解决的。对于员工来说，能找到再就业的地方也是好事。但是，我的心里还笼着一层阴影。

我紧张地问："请问，接受员工的公司是？"
"是特托拉贵金属。"
社长干脆地回答道，和蔼可亲的眼睛睁得圆圆的。
"有什么问题吗？"
社长看着我的表情，问道。

2

在回去的电车里，我与剑持律师、古川君取得了联系。他们今天都在寻找相关人员，据说明天以后要进行听证会。

我回忆起，当特托拉贵金属这个名字出现的时候，津津井律师的那种警戒的神情。

格雷姆商会和丸幸木材，这两家公司都是近藤在职时经营恶化了。并且，这两家公司都将业务和人员的一部分移交给了特托拉贵金属，确实可疑。如果这件事与川村律师的受伤也有关系的话，那背后一定有很大的阴谋。

但是吸收其他公司的业务和人员，使自己公司壮大并不是什么稀奇的事。

因为可以低价就购买到快要破产的公司，所以也可能特托拉贵金属主要在吸收合并这样的公司。虽然感觉有点像是聚集在腐尸上的秃鹰，但作为一种商业活动，他们并没有做违法的事。

不管怎么说，在其他两位律师的调查结果出来之前，我不能妄下定论。

这时候，我的手机响了，正好是我下了电车支线，在立川站换乘的时候，是一个不认识的号码打来的。

我疑惑地接听了。

"美马律师，请您回来一下吧！"

是一个男人的声音。

"您现在在哪里？能不能请您回来呢？"

声音气喘吁吁的。

"请问您是哪位？"

"不好意思，我是丸幸木材的幸元。"

声音很年轻，我想是儿子耕太。

"我父亲被警察带走了。"

"什么？被警察带走了？"

"能请您回来一起商量一下吗？我母亲很慌乱……如果能向律师请教一下的话，我觉得她多少能冷静下来。"

耕太的声音里透着焦虑。

原本，最好应该是儿子先自己跟母亲商量一下，听听母亲的想法，让母亲冷静下来，才是最好的。但是，这样向我求助，也许也是他对母亲的一种孝顺吧。

"我知道了。我回去，但是现在往回走的话，需要三十分钟。"

耕太说可以的。

我挂了电话，转了身。

我快步走，进入了电车支线的下行道。

我想起了弯腰到直角，低下头行礼的社长的身影。也许是社长自己一个人蛮干，所以家人之间的关系也有了嫌隙吧。耕太称呼母亲为"妈妈"，而称呼父亲却是"老头子"，也是与父亲有距离感的表现吧。

话虽如此，社长被警察带走是怎么回事呢？打电话问耕太也不得要领，总之只能先回到丸幸木材公司。

电车到达了离木材店最近的车站。我一出检票口，就看到车站前停着耕太的轻型卡车。

"美马律师，不好意思。"

从驾驶位露出的耕太的脸上带着僵硬的表情，他开车时也是沉默寡言。我想现在着急问具体情况，也无济于事，就没有问。

回到丸幸木材，我们去了幸元家的房子。他们住的是一个平房的木造建筑。不愧是木材企业家的房子，柱子和梁都很气派。虽然在乡下的房子里面不算多大，但是也有五六个房间。

因为地处山区，所以很冷，客厅里已经点起了暖炉。社长夫人把腿塞进暖炉桌的被子里，上半身趴在桌上。

我觉得相比于去叫我，耕太更应该陪在母亲身边。作为儿子，难道就不能更关心一下妈妈吗？

"妈妈，美马律师来了。"耕太招呼道。

夫人轻轻抬起头，端坐起来，柔弱地说："美马律师，实在是对不起。"

"我现在去沏茶。"

她想要站起来。

"不，没关系。"我坚持说不用。

"不，不能这样。"

夫人还是想站起来。

"真的没关系。"

我抓住夫人的胳膊。

就像当时非要拿苍蝇拍去拍打社长的时候一样，她开始倔强起来。这种时候，儿子耕太去倒茶就好了呀，太不机灵了。

"耕太先生。"我做出笑脸，"您母亲的身体很冷，麻烦给您母亲倒杯热茶好吗？"

耕太满不在乎地点头，说："嗯，好的。"端来了一壶明显放了过多茶叶的浓茶。

"这次很抱歉。我父亲被警察带走，全家不知所措的时候，美马律师刚刚给我的名片突然映入眼帘，于是给您打了电话。"

我手捧着茶杯，暖着手指。太浓了不能喝的茶，只好用作暖手宝了。

"请问，被警察带走的原因是？"

夫人正要开口，但是又马上闭上了眼睛，用双手捂着嘴。

她太担心了，要控制一下情绪。

"没关系的。"

我用手轻抚夫人的背，安慰她说。

"我们待会儿去一下警察局吧。律师去的话，应该不会吃闭门羹。"

在不了解详情的情况下，我只能说些安慰的话。

"就在几十分钟前，下午两点左右。警察来到办公室，对父亲说，要请他作为重要证人，带他去了警察局。"

"逮捕令呢？"

"逮捕令？"

耕太瞪着眼睛。

"警察给你们看了或者读了什么纸了吗？"

我换了一种方式问，耕太摇了摇头。

"不，警察只是坚持请父亲走一趟。"

这样的话，我估计并不是正式逮捕，而是请社长自愿协助调查吧。

"警察有说是关于什么案件的协助调查吗？"

"是……"

耕太含糊其辞。

社长的夫人在旁边轻声说道："是杀人。"

夫人的声音低沉。

"说什么，在一个服装公司的会议室里，一个叫只野爱子的人去世了。警察说是关于这个案件的调查。"

"只野女士?"

我突然想起了格雷姆商会那三个并排着的会议室。

"警察说的是格雷姆商会这个公司吗?"

"听着像是这个公司名。"

夫人的声音轻得都快要让人听不见了。

这是怎么回事?只野女士的案件与社长有什么关系呢?我开始混乱了。

"我们所知道的只有这些。后来父亲就脸色苍白,老老实实地被带走了。我们明明跟格雷姆商会没有关系。"

听到这里,客厅安静了下来。

我漫无目的地环视着客厅,在门框上的横木上面装饰着几个奖状。

我看了一眼,上面写着耕太的名字,"数学奥林匹克铜奖"。原来如此,难怪耕太长着一副理性的面庞,原来本就是个理科少年啊。

"是女人。"

夫人自言自语说道。

"大约两周前,他偷偷接了一通电话。虽然不清楚说了什么内容,但对方是女人的声音。"

"什么,老头子吗?"耕太抬起头来。

"会不会是客户呢?"我问道。

"木材这一行全是男人。而且,如果跟女事务员说话的话,那电话打得也太久了。"夫人低声回答。

"之后，那之后几天吧。他说参加什么协会的会议，早上就往市中心去了。以前他就没参加过那样的聚会。傍晚时候他回来了，但是穿回来的西服，却与出门时穿的西服不同了。虽然图案很相似，但却是不同的西装。不知道他是在哪里买的。那之后的几天，他也显得心神不定。"

"有这么回事吗？"耕太挠头。

毫无疑问，比起迟钝的儿子，妻子的话更值得信任。

"总之，我先去警察局。从警察那里也许能问到更详细的情况。我会与警察商议，争取把社长接回来。"

我说着，把包拿了过来，取出了钱包。

我确认了一下自己是否带了日本律师联合会发行的身份证明。像我这样以企业为服务对象的律师很少随身佩戴律师徽章。即使拿出名片"自称律师"，有时也得不到别人的信任。

"我送你去警察局。"耕太说。

"不用了，不能把夫人一个人留在家。"

我婉言拒绝后，夫人急忙坚持说："我没关系。"

"但是这种时候，儿子在您身边更好一些吧。"

"我没关系的。"

夫人好像之前的固执症又发作了似的，坚决不让步。

我屈服了，老老实实让耕太送我去警察局。

我们还不清楚幸元社长被带去了哪个警察局。

但是，一般来说，大概会动员最近的警察局吧。我们尝试着去了最近的警察局，真的猜中了。

在警察局的接待处，我自称是幸元社长的辩护律师。

对方回复说："幸元先生正在接受调查。"

我询问案件的详细情况和协助调查的主要内容，警察完全不告诉我。我要求立即停止协助调查，被拒绝了。我只好提出，可以继续协助调查，但是要求同意律师在场，也行不通。

结果，只有向正在协助调查的幸元社长转告一声"辩护律师来了"这一要求，得到了警察的允许。

被要求协助调查的人往往会感到不安，但是只要想到有保护自己的律师在旁边等着，就不会受到警察的诱导，可以以平常心应对。

"我再等一个小时，请在一个小时之内停止协助调查。我就在这里等。"

我跟耕太一起坐在了接待处前的沙发席上。

我累得筋疲力尽。我本来就不擅长应付争执这类的事情，光是这一会儿与警察周旋就累坏了。

"美马律师，您真拼啊。"耕太悠闲地发表感想。我很吃惊，我是在为谁的父亲而努力呀？但是，我忍住了。

"其实我不是很习惯这些，但因为是为了你父亲。"我回复他。

然后两个人也没什么特别要说的，沉默的气氛很尴尬，但是对社长的事说三道四也让人觉得不适。

于是，只得聊些与现在的状况几乎没有关系的话。

"耕太先生,您在公司做什么工作呢?"

我问耕太最基本的情况。

"主要是事务性的工作,比如原木的库存管理、物流的日程调整等。木材加工的工作完全交给了工匠们。"

社长说过,企业重组后,原本库存管理等方面的人才,被特托拉贵金属收购了。在公司内负责库存管理的员工不在了,后来进入公司的耕太负责了这些岗位的工作。

"继承家业是什么感觉呢?"

我并没有什么特别想问的信息,只是先抛出来一个话题,来打发时间。我心想,男人一般都喜欢聊工作上的辛苦,所以就让他谈一谈,打发一下时间就好。

而耕太却出乎意料地以很开朗的语气说道:"虽然不知道我能不能胜任社长的工作,但是我觉得自己挺适合库存管理和物流之类的工作呢。可能是因为从小就被木材包围着长大的缘故吧。我只要看一眼原木,就能了解它们之间的不同之处在哪里,虽然我不擅长记住人的长相。"

说着,他脸上露出了酒窝。

我觉得很意外,耕太对家业并没有特别在意。

"原木的区别……是吗?"

"是的。哪怕是看上去很像的山毛榉,每一根其实都完全不一样。除了原本的个体差异,还有是生长了几年的木材,什么时候被砍伐的,如何干燥,怎么加工的,有各种各样的影响因素。"

我在脑海里想起了柿饼。确实,同样是柿饼,根据产地和时期的不同,味道也大不相同。

"其实,山毛榉和扁柏的区别是人类擅自划分的。如果假设山毛榉与扁柏之间有 N 个区别的话,那么一根山毛榉与其他山毛榉的区别也同样有 N 个。这是可以用数学方法证明的。"

"什么?"我有点云里雾里,追问了一句。

"字母 N。也就是任意的数字……你可以认为 N 是一定的数量就可以了。"

对于文科生的我,这是大学入学考试以来,十年都没有接触过的词语。耕太是没有注意到我的困窘吗,还是故意无视了我的困窘?

"你知道丑小鸭定理吗?"耕太问我。

"丑小鸭?是那个童话里的吗?"

在安徒生童话《丑小鸭》中,唯独有一只雏鸟生下来是灰色的,她在周围鸭子们的欺负下成长。但其实,那只雏鸟是天鹅。后来,天鹅的同伴来迎接她,过上了幸福的生活。是这个故事吧。

我不记得这是我什么时候听过的童话了,想来可能是小学的时候。这个话题与原木似乎没有关系,我困惑地等着耕太的下文。

"天鹅的孩子因为外表与鸭子不一样而受到欺负。但是,如果假设在天鹅与鸭子之间能发现 N 个不同之处的话,鸭子

A 和鸭子 B 之间同样也会发现。所以,'像''不像'之类的概念本身就是毫无道理的。不同之处是一样多的。而在人类社会,却会根据我们是否重视某个不同之处,或是将人划入一个相同的集合里去,或是将他们与其他的集合区分开来。"

耕太从自己胸前的口袋里取出小记事本和笔,写下了公式。他给我做了很多说明,但是太难了,我完全听不进去。

"因此可以证明:'为了给两个物体加以区别而设置有限个数的命题,不论用什么方法选定的物体,它们所共同满足的命题数也是固定的。'"

我完全不知道他在说什么,非常迷茫。

因为只是消磨时间,所以本来不管对方说什么都没关系。但是,他这样煞费苦心地向我说明这个定理,到头来我却说"完全听不懂"来打住这个话题的话,感觉也不好,于是适当地附和了一下。

"再简单一点说,那就是'任何的两个物体,都有相同程度的相似性'。天鹅之间的相似性,天鹅与鸭子之间的相似性,鸭子之间的相似性,都是一样的。使用比较简单的高中数学可以证明这个定理。其实这也不是我想出来的,只是引用了研究人员的结论而已。"

耕太一口气说完,抬起头看到我的表情,突然像感觉到大事不好似的,说道:"对不起,我说得太多了。"他低下头。

"没有,哪里的话。您真的很了解这方面啊。"因为不擅长应付别人的道歉,所以我不由自主地用一番客套话附和了他。

"因为您聊的是我自己不是很了解的领域的话题,所以我感到很新奇。"我笑着说。

耕太害羞似的微微眨了眨眼。他本来是个美男子,可是在做表情时脸上会有一些像这样的小变化,很有意思。

"真不好意思,我原本是在数学研究室工作。"我想起了他在客厅里装饰着的数学奥林匹克运动会奖状。

"因为家里出了那样的事情,所以我才回到了家里,继承了家业。虽然我已经彻底割舍了学术道路,但是一旦有倾诉的对象,我还是会脱口而出,说个不停。对不起。"

耕太说着,将展开的小记事本胡乱地合起来,放回到了胸前的口袋里。

那之后,耕太什么也没说。原本,我问他在继承家业之前从事什么工作时,他也支吾着没有回答。虽然他自己说已经割舍了,但也不能完全割舍掉吧。我明白那种状态的辛酸。

等了四十分钟左右,社长出来了。他低着头,好像很累的样子。

但是,当他注意到坐在沙发上的我们的时候,一边说着"美马律师,给您添麻烦了,对不起",一边亲切地向我们走近,真不愧是优秀的商人。

紧接着,他将视线投向了儿子耕太。

"怎么,你也来了啊?"语气很冷淡。也许是让儿子看到了自己被警察带走的样子,作为父亲有些没面子吧。

"没什么。我只是送美马律师过来罢了。"

耕太没有与社长对视,就离开了警察局。

社长的话令人震惊。

正好两周之前,社长接到了只野女士打来的电话。

她请求社长去一趟格雷姆商会。

"社长,请问,您认识只野女士吗?"我与社长一家人围坐在暖炉旁,问道。

"事到如今,我只能跟您坦白,其实介绍批发商诺菲给我的人,正是只野女士。"

"什么?"我不由得提高了声音。

社长说是贸易公司的人给他介绍的时候,我还以为那个"贸易公司的人"是男性。没有任何理由,只是单纯地这么想而已。

"只野女士拜托我去格雷姆商会,说是有事想跟我好好谈一谈。虽然与诺菲之间发生了很多不愉快,但是只野女士帮助了我,这是事实。她再三恳求我,所以我说'我知道了,我会去的'。"

"这是什么时候的事?"我插嘴问道。

夫人与耕太沉默着。对于这样意料之外的事,他们也不知道说些什么了吧。

"是十月十五日。"

正是剑持律师和我在格雷姆商会对近藤进行听证的

日子。

"她说因为经费削减，前台接待也取消了，所以请我直接到四楼的会议室。我是在约好的时间前往的，大约十点三十分到达会议室。"

"四楼的会议室，有三个吧？"我问。

社长回忆着。

"我不记得有几个了，是在楼层最靠里的地方。我去了走廊最里面的房间，因为她叫我去的就是那个房间。"

最里面的房间就是只野女士去世的房间。

"我进去后，里面没有人，我还想着'真奇怪啊'，没过多久，只野女士就来了。我们互相打了个招呼，只野女士说'因为诺菲的事情，给您添麻烦了'。之后，她问我，我们公司的重建计划进展到什么程度了。大概是因为诺菲是只野女士介绍给我的，才酿成今日的祸端，所以她很关心我吧。我老实地回答说，再过一年左右就能还清债务了，之后可以完成重组的程序了。"

"只野女士怎么说？"

"她说'那真是太好了'，很正常的反应。她表现得很关心，但是回复却又很冷淡，我想可能就是客套话吧。"

虽然社长说话的语气很正常，但是他的脸色一点点发白了。

"我疑惑，为什么她会叫我到这里来，感觉有点不安，因为迟迟没有进入正题，所以我直截了当地询问只野女士'有什么事吗'？"

包括我在内，三个人都前倾身子，紧张地听着社长的讲述。

"只野女士用大大的眼睛直勾勾地看着我，问我：'你还记得我姐姐吗？'"

"只野女士的姐姐？"

根据周刊杂志的报道，只野女士很小的时候就失去了父母双亲，在年长她不少的姐姐抚养下长大。她上大学期间，姐姐去世了。

社长点了点头。

"我完全不知道是怎么一回事，反问她：'我见过您姐姐吗？'只野女士突然站了起来，催促我也站起来。我按照她说的那样站着。我们俩人本来是隔着桌子坐着的，只野女士说'到这边来'，我就走到了房间门口附近。两个人在桌子前面，面对面站着。"

讲到这里，社长抬起了头。

"现在想来，为什么我当时那么听只野女士的话呢？总觉得有些可怕，难以抵抗。"

对于我来说，并不关心这些事，只希望社长赶紧往下说。

社长咳嗽了一声，又开始讲起来。

"当我们面对面站着的时候，只野女士从外套的上衣口袋里拿出了一把折叠式的小刀。一瞬间，我想她是不是想用刀刺杀我，虽然完全不知道她为什么要刺杀我。总之，我想应该是因为她对我有什么怨恨。被刺中的话有可能会死,我心里想着。我思考怎么做才能避开要害,如果是从正面刺过来的话就危险了。在这一瞬间,我想了这么多。就在我双手护着肚子的时候,只野女士突然用刀对着自己的喉咙一下子割了下去。"

我屏住呼吸,静静地听着。我不敢放松情绪,害怕想起只野女士遗体的样子。

"您是说,只野女士自己割了自己的喉咙吗?"

社长脸色苍白,点点头。

"一般不会做那么可怕的事吧。但是,我想那可能是为了让我身上沾上溅出来的血吧。因为一旦割断了喉咙,血会溅出来很多。"

每当社长说到"血"的时候,我的脑海中就会浮现出具体的血的画面,我急忙停止想象。

"我全身多个地方都被溅上了血,特别是胸前和手臂附近。我陷入了恐慌……在那里站了一阵子。有多久呢,我想大概几分钟吧。我突然清醒过来,想着叫救护车,但是一看只野女士已经不动了,很明显咽气了。而且,在这种情况下,如果叫人帮忙的话,应该会被认为我是犯人吧。"

夫人和耕太一直听着,一句话都没说。他们只是张着嘴,盯着社长的脸。亲人被卷入案件,他们可能还没有完全接受吧。

"但是,不幸中的万幸,我脱下的外套和包放在旁边,没有沾上血迹。我慌慌张张地只穿着内衣内裤，披上了外套。当然，袜子和鞋子也脱了。我把脱下的衣服硬塞进包里，逃走了。"

"地板上有很多积血吧。您出去的时候，没沾上地板上的血吗？"

我一边忍耐着不去想象，一边问道。

"最开始，只野女士的脖子是像喷雾一样喷血，过了一会儿血汩汩地流了出来，地板上有一摊积血。不过，那个时候积血还只是蔓延到地板的一小部分。我避开地板上有血的部分，踮着脚尖从房间里走出来，然后走楼梯下去，从后门出去了。正好附近有个公园，我用自来水把脸和脖子洗干净。幸运的是，正好那天是工作日的上午，公园里没什么人。之后我用衬衫上干净的部分，擦掉了鞋子上的血。因为裤子的小腿部分还比较干净，所以我先穿上裤子，穿上鞋，上身披上了外套。我把扣子都扣好，把领子竖起来的话，基本上没什么可疑的。我马不停蹄地进了一家男装店，买了一套西服、一件衬衫和一双鞋。我在厕所里换了衣服，把旧衣服放进袋子里带回家，用衣服包着石头，沉入了自己家附近的河里。"

"原来是这样啊。"我叹了一口气。

社长虽然看似没有过多思考，但在这些情况下，都分别采取了比较妥当的行动。

"那之后，您就回到了自己家吗？"

"是的，回家后，我担心被家人发现西装变了，所以赶紧去自己的房间换衣服，还偷偷地扔掉了新买的那套西装。幸好白天家里人都在办公室，所以没在家碰上他们。"

社长垂下眼睛，可能是感觉无颜面对夫人和耕太吧。

"我当然注意到你的衣服变了。"夫人说着，嘴巴往旁边抿了抿，脸上露出了不知是在生气，还是在同情的复杂表情，"但是，我以为是你在外面有女人了，把西服放在了女人的家里。"

"公司在这种关头，他有空找女人吗？"

不知为何，耕太向父亲施以援手。

"我以为我就这样顺利逃脱了。但是，警方好像接到了公园里有暴露狂的举报。除了举报，在格雷姆商会的监控录像里，好像也留有我从公司逃走的影像。这是我被警方传唤的决定性因素。"

"那时候所说的暴露狂……"我喃喃低语。

在发现只野女士的遗体后，刑警们曾经低声说过"暴露狂"这个字眼。原来那是逃跑中的幸元社长的目击信息。

我了解了大概的情况。

社长在格雷姆商会周围做出了奇怪的举动，现有证据似乎可以立案。但是，只野女士使用的刀具上面并没有社长的指纹，应该没有直接证据证明"社长杀了只野女士"。正因为如此，所以警察才没有发出逮捕令，而是以自愿的方式请社长进行协助调查。

"最近我一想到那天的事情，夜里就一直睡不着。今天早上会在社长办公室睡着，也是因为这件事。"

我仔细一看，社长浅黑色的脸上清晰地浮现着黑眼圈。

"刚才的话，您都告诉警察了吗？"

"是的，我都实话实说了。但是，警察是否相信，我还不太确定。"

确实如此。只野女士割断自己脖子的原因尚不清楚。只要只野女士自杀的原因还不清楚，警方怀疑的目光就会一直放在当时人在案发现场的幸元社长身上。

"我也不太清楚事情真相，只野女士对我有什么怨恨吧。所以我想，只野女士是为了把我嫁祸成杀人犯，才把我叫到现场的。"

"是吧。"我含糊地回答。

如果是怨恨的话，当场刺杀社长更为直接。特意将自杀溅出来的血沾在社长身上，嫁祸社长成为杀人犯，也太过迂回了。

而且，社长也未必没有撒谎。也许是因为只野女士追问了他不方便告知的事情，惹怒了社长，所以他当场杀掉了只野女士。只野女士在自己的公司，隔壁房间就有人的情况下，所以觉得可以商谈，没有危险，才把社长叫到了裁员室吧。

听了社长的讲述，我的第一印象是，虽然不能认为社长是在撒谎，但是不能排除这方面的可能性。

"你说的只野女士，是不是理江啊？"妻子突然插嘴。

"理江？和我谈话的是只野爱子女士。"社长惊讶地回答。

"你不记得理江了吗？"夫人焦急地说。

"是什么时候来着？公司还很大的时候，大概是十年前吧。嗯，那是耕太大学毕业的时候……十五年前吧。有一个叫只野理江的合同工，在我们公司正好工作了一年，后来公司进行人员调整，把她辞退了。她真是个规规矩矩的好孩子，和妹妹两个人相依为命。"

夫人怀着怀念的心情，望着远方说道。

我想起了社长说过的，关于事务员，夫人更为了解。

"理江女士在职期间，有什么地方得罪过她吗？"

"我想不起来了。有时间的话，我会跟事务员一起吃便当，但是没有进一步的交往。"

夫人回忆着："我之所以记得理江，是因为听说她和妹妹两个人生活，有时我做多了的小菜就让她带回家。第二天她一定会把便当盒洗得干干净净还给我，那孩子真是给人一种规规矩矩的印象。"

社长和耕太默默地听着夫人的话。之前他们几乎没有关心过事务员吧。

"社长您是与她的妹妹只野爱子女士见面了吧。看到爱子女士，有没有想起姐姐理江女士呢？因为是姐妹，所以应该长得很像吧。"

我向社长确认了一下，但是社长只是摇头。

"我啊……对我来说，年轻人看起来都一样。特别是女孩子，我完全分不清楚。如果是几年前工作过的事务员，也许我与本人擦肩而过也不会注意到。"

"只野理江和近藤玛利亚之间认识吗?"我以防万一问了一句。

"近藤女士,是那个近藤女士吗?"夫人好像很起劲儿似的插嘴问,"她是个打扮很时尚的女孩子,所以我记得。她从市中心过来,随身携带的都是好东西。午饭的时候总是吃便利店的饭团和三明治,从没见过她带便当……"

夫人所描述的近藤与她在格雷姆商会的评价一致。

"理江小姐和近藤小姐的在职时间没有重合,应该没有见过面吧。"

"美马律师,之后我会怎么样呢?"幸元社长垂头丧气地问。

社长依然是最大的嫌疑人。虽然暂时被释放,但今后也会继续协助调查吧。

我不熟悉刑事辩护,无法承担这样的案件。刑事案件还是交给对于刑事案件处理能力更强的辩护律师比较好。我一知半解地插手的话,说不定会拖后腿。

"社长,我来给您介绍一位擅长刑事辩护的律师,请和他商量一下。"

我说着,写了联系方式交给他。

介绍的是我研讨会的前辈,在以刑事律师为中心的事务所工作的涩野律师。

"我会事先联系这位律师说明情况的。"

那天，我告别幸元家的时候，受到了神仙一般的待遇。对于今后如何应对，有了方向，一家人的心理负担稍微轻松了一些。夫人把各种蔬菜和水果装进袋子里，递给了我。

"请随时再来。"

耕太说着，低头向我行礼。我们在车站前分别了。

坐在回家路上的电车里，我突然想起了耕太说的"丑小鸭定理"。

仔细一想，真是不可思议。虽然不太清楚为什么会这样，如果假设 A 和 B 有 N 个相同之处的话，B 和 C 好像也能找到同样的 N 个相同之处。也就是说，人世间所有的两个事物，"同样"地相似，"同样"地不同。

人和人也是一样吧。

我在只野女士和她的姐姐理江女士身上能够感到共鸣，因此，觉得我跟只野女士是相像的。我与近藤的想法和生活方式似乎大不相同，但是，根据耕太的理论，我和近藤之间的不同只是我与只野女士的不同。所以，相比于近藤，我与只野女士更相像，这只是我的错觉。

一想到这件事，脑子就一片混乱。我一边发呆，一边打盹，花了将近两个小时回到了事务所。

真是漫长的一天。

3

三天后，十月二十九日星期五早上，剑持律师和古川君就其他两家公司发来了调查报告。我正好在去医院见奶奶的巴士里。

我也事先将在丸幸木材看到的情况总结成了报告书，分享给了他们。他们现在也因为各自的案件外出了，所以我们决定晚上在事务所会合，进行讨论。

我用手机看了他们发来的邮件，打开了附件里的报告书。首先是古川君调查的小野山金属公司。

【小野山金属】

昭和五十二年（1977）创立。作为五金制造商，向高级百货商店批发锅等烹饪器具。随着泡沫经济的崩溃，高级五金的销售额骤减。公司以合同工和事务员为中心进行了裁员，但是经营也没好转。

之前，小野山金属没有向量贩店批发过商品。因为如果批发到量贩店的话，有时会被随意低价甩卖，品牌控制会变得很难。但是，在百货商店的高级路线销售停滞不前的情况下，为了打开销路，小野山金属开始向量贩店批发。

虽然品牌舍弃了走高级路线，但是作为中间价格带、方便实用的五金制造商，地位越来越稳固。

但是，七年前，一个销售部职员擅自降价将商品卖给量贩店的事情被发现了。原来，为了对得上销售额的账面余额，销售部职员指使会计部职员做了假账。因为出身销售的社长奉行销售第一主义，无法完成销售定额，被逼入绝境的销售部职员只能走上了违法的道路。

由于假账丑闻的暴露，许多店铺与小野山金属停止了合同，金融机构也停止了融资，最终导致其破产。

小野山金属的优势在于五金采购部和供应部，受到销售部门违法交易的影响集体离职。他们的再就业公司是特托拉贵金属。

报告书的最后一行我读了两遍。这里也有特托拉贵金属出现。我不认为这只是偶然。我匆忙地读了剑持律师发来的关于高砂水果的报告书。

【高砂水果股份公司】

昭和四十三年（1968）创业。作为水果的加工销售商，进行着踏实的经营。主要的客户是经营生鲜食品的超市，并不直接向消费者销售。

随着时代的变迁，很多个体经营的超市都停止营业或

第三章　相同又不同的我们

被吸收合并了，大型超市逐渐增加。大型超市开始开发自己的品牌，直接从签约农户那里购买水果。所以，使用高砂水果这样的批发商的地方减少了。

对现状感到危机的高砂水果第三代社长高砂义宗（现在三十七岁），除了以非正规劳动者为中心进行了裁员外，还对自己公司进行了物流外包化、库存管理数字化等各种各样的改革。

改革奏效了，之后七八年公司经营非常稳定。

以此为契机，高砂社长决定扩大事业，成立新事业，开实体店铺销售水果。大概在五年前，高砂社长为了开展新事业，带着一个名叫山峰显（当时三十二岁）的男人来到公司。

山峰虽然在肥皂销售的零售业上取得过暂时的成功，但是破产了，当时没有工作。他拥有超群的表达能力，擅长从投资家和金融机构募集资金。

在山峰的怂恿下，高砂水果反复进行了过剩的融资和过剩的投资。因为山峰表达能力突出，所以从金融机构筹到的资金额度超过了本来可以借入的额度。高砂水果本来是几乎没有借贷的，所以缺乏熟悉财务方面业务的人才，这也是没有阻止山峰冒进行为的原因之一。

就这样，高砂水果为了新事业的实体销售店铺而背负了巨额的债务。新事业本身虽然有盈余，但是不够在短期内偿还借款。

在这个过程中，高砂水果的老本行——水果批发业的市场状况逐渐恶化，原因是从海外采购的水果价格上涨。本来，可以通过进行大规模的投资设厂来削减加工成本。但是，之前高砂水果的融资已经达到信用限额，不能再融资了。

逐渐，高砂水果的老本行、新事业都转为赤字，无法偿还借款，进入了破产程序。

另外，破产后，高砂水果流通部门的十几名职员，再就职于特托拉贵金属公司。

这里也有特托拉贵金属登场。

果然这不是偶然的。近藤所在的四家公司经营恶化，四家公司的业务和人员的一部分都被特托拉贵金属吸收了。

从格雷姆商会吸收了宣传部门和市场营销部门；从丸幸木材吸收了库存管理部门；从高砂水果吸收了流通部门；从小野山金属吸收了供应部门。无论哪一个部门，都是在背后支撑企业的重要部门，即使主营的商品变成了贵金属，部门的技术也是可以转为己用的。

特托拉贵金属和近藤有合作关系吗？看起来至少是有信息交换。因为得到了信息提供费，所以近藤才能过上超过薪资水平的生活吧。那只野女士也是合作者之一吗？

我想着想着，巴士到了医院。我像往常一样向护士中心的护士打了招呼后，去了奶奶的病房。

平时一直坐着看电视的奶奶，今天却躺在床上。

"哦，你来啦。"奶奶注意到我后，用双手撑起了身体。

"奶奶，你躺着就行。"我劝奶奶，但奶奶上半身已经坐起来了。

原本奶奶身体就很纤细，住院后，感觉她的身体变得更瘦了，几乎是皮包骨头，轻得好像我用胳膊就能把她抱起来。

"啊，玉子。"奶奶一脸严肃地开了口。

平时总是马上要柿饼，但今天情况很奇怪。

"我，也许不能长寿了。"奶奶用茶褐色的眼睛看着我，非常认真地说。

我没话讲了。

奶奶已经八十二岁了，这已经是长寿了吧。

但是，奶奶如此怯弱也很少见。

"您在说什么呢？检查中发现的血管堵塞，下次手术不就治好了吗？"

奶奶点点头。

"最危险的地方，医生已经找到了，但是要是仔细检查的话，好像还有各种各样的小毛病。"

确实，医生对我也做了同样的说明。细小的血管无法全部疏通。因为手术太多的话，高龄的奶奶体力支撑不住。所以要有优先顺序，医生打算重点治疗最危险的地方。

"这就好像我的身上有好几个小定时炸弹，如果爆炸的话，我的生命就结束了。"奶奶脸上表情夸张，眼睛湿润，做出悲剧女主角的样子。

我一想到如果奶奶有什么三长两短的话，也是心惊胆战。

但是，不知道什么时候会发生什么情况，这种概率对于老年人来说都是一样的。如果像奶奶那样，觉得"只有自己更悲惨"的话，即使是作为亲孙女，我也觉得没必要。

"活了这么久了，什么时候死都可以，我是这么想的。"

奶奶一边说着，一边拿出存着的柿饼，吃了起来。看来奶奶还是对生的世界有很多留恋和执着。

"我担心的是你。"奶奶用拿着柿饼的手指着我。

话题转换太快，突然转向我，吓了我一跳。

我小的时候，一直是奶奶照顾。但是自从我上高中开始，就是我一直在照顾奶奶。奶奶既不擅长家务也不擅长做饭，性格幼稚，靠不住。这样的奶奶现在突然说担心我。

"玉子你有时会很固执，一意孤行啊。你看，你一直很固执地照顾着我这样的老太婆，甚至还做了律师……"

"我并不是因为固执才做律师的。"我反驳道。

"看吧，现在这种说话方式就表现了你的固执。"奶奶笑着说。

我讨厌别人这样那样地分析我的行为。很多地方分析得不对，而且我也不喜欢那种居高临下的视角。

"咱们家里发生了这么多事情，为了能让咱们祖孙过上更好一些的生活，玉子你一直很努力。我的人生真的非常幸福。

你做的柿饼,和你爷爷、爸爸做的味道一模一样。可以说是'完全复刻'。最近的这些流行词汇,都是达令教给我的。"

"呵呵呵。"奶奶笑着说。

我总觉得有些可怕。一直给人感觉能永远活下去的干劲满满的人,突然开始说起了与世长辞的话。

"奶奶,你怎么了?突然说些奇怪的话。"

奶奶把浮现出血管的苍白的手搭在我的手上。

"什么怎么了?"

我虽然身子往后退了一些,但还是害怕放开奶奶搭着的手。

"你爷爷在世时常说,能制作柿饼的柿子,是不能直接吃的涩柿子。柿子被风吹日晒过后,才会变甜。人生前半段的辛苦,绝对不会白费的。"

奶奶说着,把咬了一半的柿饼伸到了我的面前。

柿饼的外面满是褶皱,可是断面却是艳丽的糖红色,像宝石一样。如果柿饼外表更漂亮一些的话,那经历寒风的涩柿子们的灵魂也能得到安慰吧。

"所以玉子,你也不用那么努力了,找一个可以依靠的人,悠闲地过日子就好。你虽然表现出一种依赖别人的感觉,但实际上内心对别人完全不信任,在你自己心底,什么都想自己做,不然就绝不善罢甘休。玉子,你把以前的事情全都忘掉吧。适度工作,找个好男人结婚,建立幸福的家庭,一起生活吧。"

我眯着眼睛看着奶奶。

确实，奶奶有一种余生不长，想托付点什么的心情。但是，听奶奶这样说，我自己也很难受。我自己的事，不用奶奶说我也知道，我也有认真地思考着自己的人生。

于我而言，如果有合适的人的话，我也想结婚，为此也不吝惜努力。现在工作很忙，可以改行到企业的法务部，然后再参加相亲会。只是这个转行的时机具体是什么时候，我目前还不知道。但是，只要想实行，什么时候都可以实行。

一瞬间，我的脑海里浮现出了筑地的模样，现在偶尔还与他有联系。最近我的工作很忙，约会也是一拖再拖。如果再这么拖下去的话，关系可能就这样自然而然消亡了。但是，如果想保持这段缘分的话，想做也可以做到。

"玉子，你明白了吗？"奶奶坚持地问道。

"我知道了。我本来就有好好考虑过。"

"那就好。不管你把外表打扮得多么柔弱，你内心却很固执，会被眼力好的男人看穿的。"

奶奶像是装可爱界的前辈一样，轻声地教导我。

那天，一直在听奶奶说这样的话，说自己要死了。尽管如此，到了我要回去的时候，奶奶却提出要求："我想要一支颜色明亮的粉色口红。"

奶奶说在医院小卖部买的带颜色的唇膏让人无法忍受。

我和奶奶约好星期天再来。但是我的工作也很忙，连去买口红的时间都没有。我决定把之前朋友送的，自己还没来得及用的口红先拿给奶奶用。我一边筹划着，一边回了事务所。

那天晚上，剑持律师、古川君和我在会议室碰了头。

"三家公司是按照小野山金属、丸幸木材、高砂水果的顺序依次破产的，都是近藤玛利亚进公司后两三年发生的事情。而且，现在新入职的公司格雷姆商会目前也面临破产危机。为了方便理解，所以我们按照近藤进公司的顺序，用ABCD代表公司名。"

	近藤玛利亚	特托拉贵金属
九年前	进入A公司	
七年前	A公司申请破产。被解雇进入B公司	吸收了A公司的采购部门
五年前	B公司申请破产重组。被解雇进入C公司	吸收了B公司的仓库管理部门
两年前	C公司申请破产。被解雇进入D公司	吸收了C公司的物流部门
现在	D公司破产危机	预计吸收D公司的宣传部门和市场营销部门

看着白板上按照时间顺序整理好的表格，剑持律师抱着胳膊说道："小野山金属（A）的采购部门、丸幸木材（B）的仓库管理部门、高砂水果（C）的物流部门分别被特托拉贵金属吸收。格雷姆商会（D）的宣传部门和市场营销部门也即将被吸收。真的就像是近藤进公司导致公司经营的失衡，然

后再离开公司，由特托拉贵金属吸收公司的事业部门似的。"

我一边看白板一边开口说："近藤是不是与特托拉贵金属联手，使公司内部信息外泄，并且帮忙搅乱公司内部运作呢？因此她收到了报酬，才能过上高于自己薪资水平的生活。"

近藤与丸幸木材的破产有关系，我已经与他们两个人分享了这个信息。

古川君思索着，说道："这个嘛。在第一家公司小野山金属公司里，近藤是被卷入其中的一方。因为无法忍受社长施加的严格的销售目标，销售部职员开始走上违法的道路。为了掩饰这种违法行为，他们向会计部提出请求，要求篡改会计决算，也就是做假账。近藤作为会计部的一员，也完成了篡改工作的一部分。但是，近藤自己没有主动做什么特别的行为。这件事，我问了当时的销售部长和会计部长，确认过了。"

"高砂水果那边，更是如此。"剑持律师插嘴道。

"社长擅自带了外面的人来公司，搞起了新事业，因此而失败。近藤只是个普普通通的决算会计罢了。"

"那个外面的人与社长是怎么认识的？"

在丸幸木材的案件中，近藤是介绍的一方。我觉得高砂水果也可能是一样的。

"好像是在企业家交流会上认识的。为了新事业而被高砂社长拉来的男人——名字叫山峰。我直接问过山峰本人，应该是没错的。原本山峰自己有一家公司，破产后就一直没有工作，按道理应该不会作为企业家被邀请参加交流会的，但是他却多次收到了邀请函，所以就去参加了一次。就是那一次，在会场上与高砂社长意气相投起来。"

"多次收到邀请函，这也很奇怪。"古川君插嘴道。

"在会场上，两个人的意气相投是偶然吗？"

"据山峰说，会场里好像有人向他介绍了高砂社长，但是他只记得是个高个子男人。"

"嗯。"我对比了一下桌子上的三份报告。

我在三家公司之间寻找共同点。零售业、批发业这一点是共通的。都是从一百人到几百人左右的中等规模的家族企业。但是，经营的商品种类各不相同，破产的理由也各不相同。

突然，我想起了幸元耕太所说的"丑小鸭定理"。

——"'像''不像'之类的概念本身就是毫无道理的。不同之处是一样多的。而在人类社会，却会根据我们是否重视某个不同之处，或是将人划入一个相同的集合里去，或是将他们与其他的集合区分开来。"耕太这样说过。

这三家公司与格雷姆商会，共四家公司，其中的相似点是什么？我好像看漏了什么。我目不转睛地反复看报告书和白板，也想不到。四家公司最大的共同点是近藤玛利亚都工作过，都陷入了经营困难。但是，怀疑近藤参与的只有丸幸木材和格雷姆商会。

"说起来，丸幸木材的事情，与只野女士也有关系吧？"

剑持律师提到。

"是的。好像与只野女士的姐姐有关系,但是具体情况不太清楚。丸幸木材的社长也作为只野女士案件的重要证人,连日接受调查。"

关于社长的事,仅仅在报纸上有小篇幅报道,综合电视节目和傍晚的新闻中没有报道。但是即使是这种程度的报道,在当地也可能会引起骚动。

剑持律师抱着胳膊开始在会议室里走来走去。

"说起来,只野女士是有姐姐的吗?"

她一边说着,一边将报道只野女士死亡案件的周刊杂志翻出来。

被害人只野爱子(三十五岁),初中的时候父母死亡,她在年长的姐姐理江身边长大。但是,在大学期间,唯一的亲人理江也去世了。之后,在姐姐理江工作过的五金制造厂任职,后曾在贸易公司等单位工作,转职到格雷姆商会。认识她的人都异口同声地说她:"工作能干,节俭持家,是个好人。"

剑持律师小声读到这里,突然暂停了动作,把目光投在杂志上。

"怎么了?"我站起来看向杂志。

剑持律师指着杂志报道的一段。

"在五金制造厂任职，"剑持律师看着古川君，问道，"是不是小野山金属？"

剑持律师挑起眼角，语气强烈，在责备古川君为什么看漏了如此重要的地方。确实，小野山金属也是五金制造商。如果只野女士也在小野山金属公司工作过的话，只野女士和近藤在格雷姆商会成为同事之前，也曾经一起工作过。可是只野女士和近藤在听证会中完全没有表现出来。

古川君耸起肩膀，拿着手机说："我马上去和小野山金属确认一下。"

"员工简历可能已经被丢弃了，但是作为人事信息的在籍经历，是不是还留着呢？"

我目送着离开会议室的古川君的背影，坦率地提出了内心的疑问："说起来，故意使公司破产，真的做得到吗？"

剑持律师像是陷入沉思一般，抱着胳膊说："嗯，一般来说很难。而且，就算能使公司破产，也不知道她们盯上这四家公司的理由。"

"对了，美马律师你去访问丸幸木材的时候，格雷姆商会的安西先生打来了电话。"听到安西这个名字，我一瞬间不知道是谁。

剑持律师补充道："是格雷姆商会合规部门的董事——安西先生。"

在我们刚收到格雷姆商会内部投诉时，他是我最初去联系的董事。

"据安西先生说，因为只野女士的事，格雷姆商会的恶评不断扩大，几家客户都要求现金结算。"

要求现金结算，意味着对对方的支付能力抱有疑问。现金不断地从公司流出，资金周转变得严峻。

哀田律师虽然竭尽全力，但是格雷姆商会也许很快也要破产了。

"近藤还是像往常一样工作，但是安西先生好像被逼得很紧，陷入了窘境。"

剑持律师说，当时安西先生一直对她喋喋不休地控诉。

"我们公司被人陷害了吗？把我们公司毁掉，能得到什么呢？我们只是认真地制作衣服，销售衣服。我不记得自己得罪了谁，到底是谁干的？"

说起那个时候的事情，剑持律师苦笑着。

"安西先生说不记得自己得罪过谁。如果对方的目标是人的话还可以理解，但是仇恨公司、毁掉公司，这种行动真的很奇怪。所以与其说是怨恨，倒不如说是经济的力量在起作用……"

我正打算表达一下自己对剑持律师意见的认同，古川君就带着兴奋的表情回到了会议室："只野女士在小野山金属工作过！"

"只野爱子大学毕业后，在小野山金属公司工作过。是作为应届毕业生入职的，所以是十三年前。一直到小野山金属公司破产之前，工作了六年。正如周刊杂志报道的那样，姐姐理江女士也在小野山金属公司工作。妹妹爱子女士进公司的两年前，姐姐理江女士的任职结束了。因为是合同工，所以合同期满就离开公司了。"

剑持律师和我面面相觑。

"也就是说，是这样吗？"剑持律师站起来，在白板上加上文字，"我们从左列开始依次看。姐姐只野理江女士十五年前从小野山金属公司（A）离职，进入丸幸木材（B）。工作了一年后，从丸幸木材（B）离职。之后，理江女士去世了。虽然确切的年代不太清楚，但大概是十四年前。"

理江在丸幸木材工作是从十五年前到十四年前的这一年，这有丸幸木材社长夫人的证词。

我不知道理江女士确切的死亡年月日。据说是在妹妹只野爱子上大学时死亡的。只野爱子今年三十五岁，所以可以推测姐姐理江女士的死亡大概是在十三年到十四年前。

"从左数第二列，妹妹只野爱子十三年前进入小野山金属公司（A）。四年后近藤也进入了公司，作为同事一同工作。两人是在这里认识的吧。

"随着小野山金属（A）的破产，两人各自跳槽到别的公司。只野女士进入了贸易公司，近藤进入了丸幸木材（B）公司。"剑持律师一边指着黑板，一边叙述道，"近藤在丸幸木材（B）、高砂水果（C）流转期间，只野女士一直在贸易公司工作。只野女士从贸易公司跳槽到格雷姆商会（D）是在三年前。一年后，近藤也跳槽到了格雷姆商会（D）。近藤和

179

只野女士时隔五年再次一起工作。"

	只野理江（姐）	只野爱子（妹）	近藤玛利亚
十五年前	A公司离职 入职B公司		
十四年前	B公司离职 死亡		
十三年前		入职A公司	
九年前		（两人同时在A公司工作）	入职A公司
七年前		A公司申请破产。解雇 入职贸易公司	入职B公司
五年前			B公司申请破产 重组 解雇 入职C公司
三年前		入职D公司	
两年前		（两人再次成为同事，一起工作）	C公司申请破产 解雇 入职D公司
现在		D公司面临破产危机	

"但是，近藤却隐瞒了从前就认识只野女士的事情。"我插嘴道，剑持律师点了点头。

"听证会的时候是这样的。为什么要隐瞒呢？可能是有什么原因。"

"只野女士也是内应之一吗？"

"不知道，但是只野女士好像也与这件事脱不了关系。"

我把自己映射在了幼年时期父母双亡的只野女士身上。她的死法那么凄惨，很难说是度过了幸福的一生。但是，至少我希望她能是一个活得干净、善良的"牺牲者"。

近藤玛利亚也是。也许她是一个爱引人注目、性格轻浮的人，但是，她也在为了得到幸福而努力着，无论那幸福的代价是什么。

"剑持律师，能再调查一遍高砂水果与只野女士的关系吗？四家公司中，有两家公司只野女士也工作过。没有工作的两个公司中，丸幸木材是以介绍人的形式有所关联。她介绍给社长一个叫诺菲的男人，与诺菲的交易成了丸幸木材破产的导火索。现在，只剩下一家公司，高砂水果与只野女士的关系还不清楚。但是，如果再仔细调查的话，也许能调查出什么东西。"

我的内心有一种冲动，想要确认只野女士与近藤的真实面目。

"我知道了。那我……"

剑持律师刚要开始说话，我外套口袋里的手机响了。

我看了一眼，是从医院打来的。

我说了声"对不起"，走出会议室。

"是美马小姐吗？住在本院的美马岛女士，刚才已经确认心脏停止跳动了。所以——"

下面说的话，我都没听进去。我突然有种头部被击打的感觉。

"我奶奶吗？"我反问的声音在颤抖。

"是的，美马岛女士刚才发生了心肌梗死，我们马上在急救室进行了抢救，但终究还是回天乏术。"

奶奶身上有多条一旦堵塞就会很危险的血管。所以，什么时候发生这样的事情也不奇怪。

即便如此，那也太突然了。今天早上我才刚和奶奶说过话。

眼前的橱柜和没有人的秘书席，显得格外清晰。太现实的话，反而没有真实感。我觉得只有自己，飘浮在这个世界上。

橱柜上放着一盒点心，好像是客户送的，是奶奶喜欢的豆沙馅点心。带给她的话，她一定会很高兴地吃。点心明明可以想买多少就买多少，为什么不能买得再勤一些呢？现在再说这些，已经晚了。

奶奶死了。

我想起了她那瘦弱的身体，那个身体已经不动了。我知道总有一天这样的日子会到来，但是在我脑海中的某个地方，又好像感觉奶奶还一直都活着。因为从我出生到现在，奶奶一直活着。

我想努力回忆起和奶奶最后说的话，今天早上奶奶确实变得有些怯弱了。

我要走的时候，奶奶最后说的话，问的话，是什么来着？我努力回想，也想不起来了。

我最终还是变成了孤零零一个人。

我想我一定会很绝望吧，但是，涌上来的却是意外的爽快感。哈哈哈哈，不由自主地从嘴里发出了干巴巴的笑声。奶奶死后，我居然有一种解脱感。我是自私的人吗？

再也不用做饭了，也不需要送东西到医院了，为了奶奶住高级养老院的存款也不需要了。这样的话，也没有继续像现在这样辛苦工作的理由了。我终于从扎根在我脚下的某种东西中解放出来了，有种重获新生的感觉。

涩柿子被风吹日晒过后，才会变甜。所以说，人生前半段的辛苦，绝对不会白费的，奶奶是这样说的。那么，至今为止的我，是被风吹日晒的涩柿子吗？今后就不需要那么辛苦了吗？

我在内心的某个地方，感觉到了奶奶是个负担。因为有奶奶，所以必须要赚钱，所以不能像别的女孩子一样。对于不切实际的幻想，我一直是死心的。但是从现在开始，我可以不必再努力了。

但是，柿饼呢？每年都会一直做的柿饼呢？

一想到做了柿饼，但是没有人吃了，我的眼泪突然夺眶而出。

"喂，你没事吧？"

是剑持律师的声音。大概是因为我一直没回来而感到不正常,才来看我的吧。

"美马律师?你怎么了?"

剑持律师用一只手支撑着脚下无力快要崩溃的我。

剑持律师的脖子出现在我面前,有香水的香味。

"我奶奶,去世了。"

眼泪止不住地流出来。

第四章 老虎的尾巴

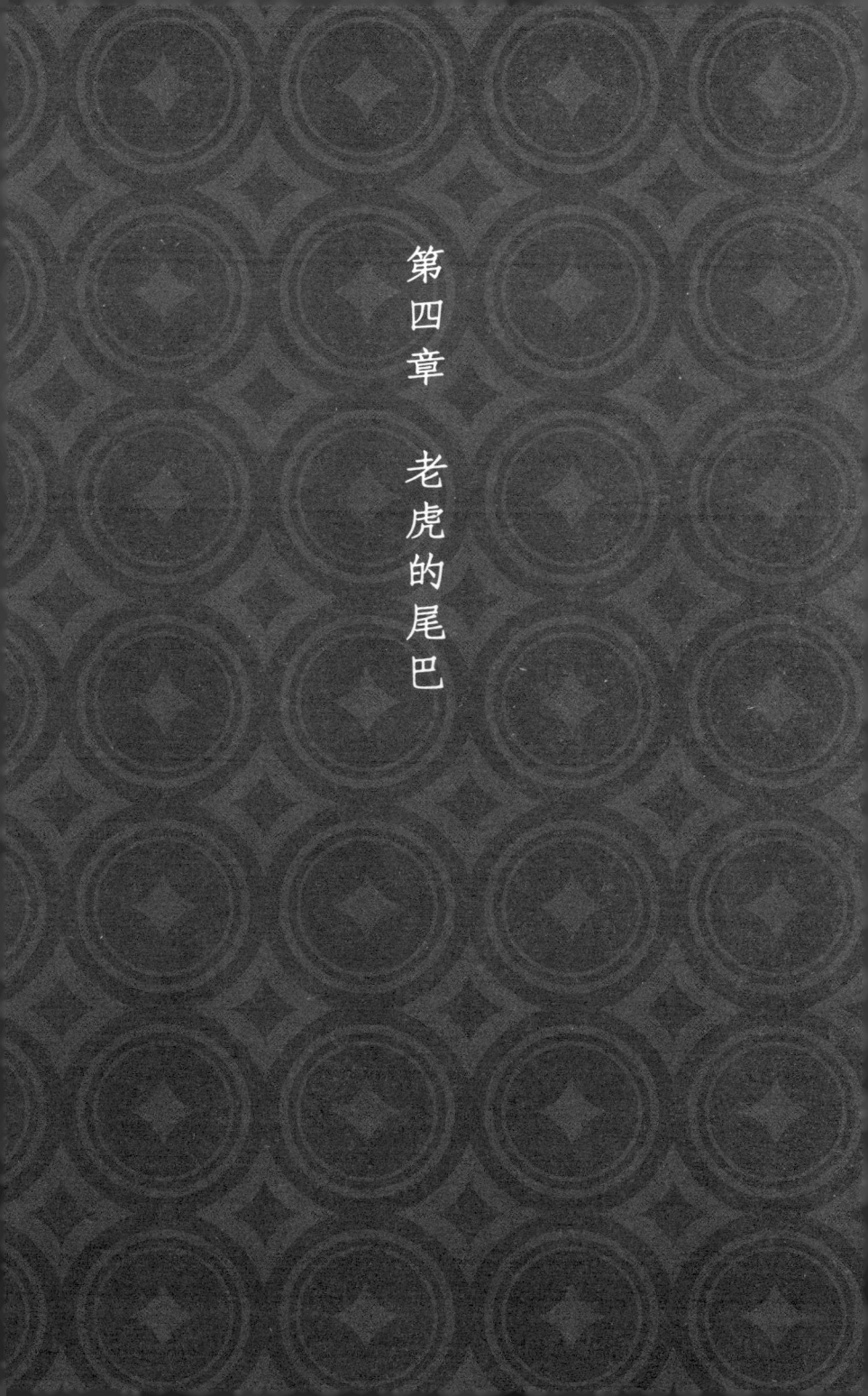

第四章　老虎的尾巴

1

奶奶的亲属只有我。那晚也没有守夜。

奶奶去世的第二天，十月三十一日星期天，只举行了遗体告别仪式。

奶奶是个社交能力很强的人，有很多朋友。小殡仪馆里挤满了奶奶上了年纪的朋友们。大家都习惯了葬礼，一边热闹地回忆着往事，一边干净利落地列席了葬礼。

入殓的妆容，给奶奶涂上了她想要的粉色口红。

如果能专门抽出时间去给奶奶买口红就好了。赶紧买来，趁着奶奶还活着的时候，能交给她就好了。

昨天在事务所哭得昏天黑地，但是在奶奶的遗体面前，我却怎么也流不出眼泪，真是不可思议。

我坐着灵柩车到了火葬场，一辆出租车停在前面。我正在疑惑，出租车门开了，一位老年男人走了出来。

我走下灵柩车。他走来向我行了一礼。

"虽然没赶上葬礼，但至少让我送这最后一程吧。"

老人递上名片。

"对不起，自我介绍晚了。我叫赤坂。"

我几乎没有看名片，直接放进了丧服的前胸口袋里。

"我是和阿岛夫人订婚的人。"

他这样说着，好像有些害羞似的笑了。

我认真地观察赤坂的脸。他大约七十岁左右，鼻梁高耸，长得很清秀。奶奶说的帅爷爷就是这个人吧。

我也对着他打了一声招呼："生前，奶奶一直受您照顾了。"

赤坂一边看着我的脸色，一边谨慎地问："如果可能的话，我可以一起去火葬场吗？"

和初次见面的老人，而且又是奶奶的交往对象一起护送遗体，这样的情形，说实话，我有些犹豫不决。但是，我也没有拒绝赤坂请求的理由。

之后，我们还一起听了佛经，目送着棺材进了焚化炉。

我去了火葬场的等候大厅，等火葬结束。赤坂也跟着来了。

我吃了一惊，难道他要和我一起收骨灰吗？

"我要告辞了。"

他嘴上说着，可是人还是坐在了我对面的座位上。

赤坂看着自己的膝盖说道："这种时候打招呼，我也觉得可能太失礼了。但是，能见到阿岛的孙女，我很高兴。因为之前您好像有意避开我。"

"我并没有有意避开……"我支吾着。

"没关系的。这么大年纪再婚的话，家里人的心情会很矛盾，这是很正常的。阿岛一直以玉子小姐为骄傲呢。"赤坂眯着眼睛说。

第四章 老虎的尾巴

"我奶奶什么都喜欢炫耀。"

一瞬间,双方都没有说话。

"有件事想问一下。"

赤坂变换了语气,开了口。

"如果您不喜欢的话,不回答也可以。在这种时候,很抱歉。但是现在不问的话,我觉得以后一辈子都不会再有机会问了。"

我感受着赤坂的视线,漠然地看着咖啡桌,尽量不与赤坂对视。

"阿岛说她十几年前来到东京。来东京之前,她是在哪里,做些什么呢?"

我已经预感到了他会问这一点。

"无论如何,阿岛都没有告诉我。"

"奶奶不想说的话,赤坂先生还是不知道比较好。"

"最初我是这么想的,但是——"赤坂哽咽着说,他睁大眼睛,好像在忍住眼泪,"我一直是个工作狂。妻子忍受不了我整日只知道工作,就带着儿子离家出走了,那已经是三十多年前的事了。从那以后,我更加埋头于工作。我想,至少在工作上能留下成果的话,努力也是值得的。但是,随着年龄的增长,我变得很悲哀。工作,工作,净是工作。但是,我的工作到底有多少意义呢?我突然觉得自己的人生一无所有。就在那个时候,我遇到了阿岛。我觉得,之前的人生之所以绕了远路,全部都是为了与阿岛相遇,与她并肩前行。和阿岛一起度过每一天,是我今后活下去的意义。"赤坂的声音颤抖着。

"以这样意想不到的方式,与阿岛提前分开,我的思绪还没有整理好。但如果我知道阿岛的人生是幸福的,就可以安心了。可是,关于阿岛,我什么都不知道。"

我对于只野女士,也有同样的感觉。

关于只野女士的背景,我什么都不知道,在一旁眼睁睁地看着她就这样被夺去生命,只有瞠目结舌。

但是,现在想来,这是旁观者的自以为是。在当事人看来,并不想让别人理解吧。

赤坂把手放在咖啡桌上:"拜托您了。"

他低头说:"能告诉我吗?"

赤坂的姿势纹丝不动。

这也是我偶尔使用的伎俩:像这样低下头,放低姿态,让对方觉得尴尬,从而达成自己的要求。

"我不想说。"我断然拒绝了。

赤坂抬起头来,我以为他会放弃。

但是,他又正坐在椅子旁边的地板上,低下了头。简言之,就是下跪。如此一个老人向我下跪,是什么心情呢?

"拜托您了!"

我看着赤坂把头贴到地板上,觉得他很可怜以外,更觉得很滑稽。

"请饶了我吧。您这样做的话,我会很为难的。"

火葬场的员工看到这种情况会觉得可疑吧。

赤坂死心了,抬起头来。

"对不起,让你为难了。而且现在,正是你心里难受的时候……有困难的话,请务必让我帮忙。因为没能为阿岛做什么,所以如果我能为你做什么的话,我会尽全力帮忙的。"

说完后,赤坂走出了火葬场。看着赤坂慢慢地迈着步子,我感受到了他这个年纪的衰老感。周围很安静,不时能听到赤坂的鞋底在大理石地板上摩擦的声音。我没有目送赤坂的背影,而是侧耳倾听他的脚步声。

得知格雷姆商会破产的消息是在下周一,十一月一日。

虽然事务所那边说让我不用勉强,但我还是像往常一样回到了工作岗位。一个人待在家里也只是伤心。

我们三人分别向津津井律师报告了各自的调查内容,津津井律师听后叹了一口气说:"果然,特托拉贵金属很奇怪。"

"我会把这件事告诉哀田律师。但是,应该还是会按照预定计划,把格雷姆商会让渡给特托拉贵金属吧。不管死因是什么,死了的公司是无法复活的。破产法律师的想法一定是想把手头留下的器官好好利用。"

"这样的话……对于内部投诉的答复,是已经不需要了吗?"剑持律师问。

"是啊。既然公司都要破产了,现在再去调查公司内的违法行为也没什么意义了。这一点我也得到了董事安西先生的同意。"

当然，如果公司因员工的违法行为而破产的话，股东有可能对员工追究责任。但是，也许有人会起诉董事，却很少有人会起诉普通员工。只要没有正式委托，就没有必要再调查了。

剑持律师一副不服气的样子。

"没有帮助格雷姆商会的办法了吗？为什么突然决定破产了？"

"现在再去假设，也没有意义了啊……"

"前几天的只野女士的死亡案件是导火索吗？"剑持律师提出了一个意想不到的问题。

"是的。"津津井律师好像听天由命似的点了点头，"事实上，因为将部门出售给了特托拉贵金属，公司账面的现金余额暂时宽裕了一些，有了一些延长寿命的余地，这样下去的话，也许能走上重建的道路。但是，就在这个关头，只野女士的案件发生了。"

津津井律师遗憾地低下了头。

"在斩首室里发现了被斩首的尸体。在公司内部，有传言说这是对公司裁员政策的抗议。这种传言是一定会泄露到公司外的。后来，传言不断扩大。从公司是如何严格进行裁员的，到公司的经营有多少风险，最后就演变成了格雷姆商会实际是处于濒临破产的境地了。

虽说是传言，但从结果来看是正确的推测。

"据说有好几家客户要求现金支付,要求现金支付的客户逐渐增加。格雷姆商会没有能力所有业务都采用现金支付。金融机构也拒绝了融资。结果,十月末应该支付的钱没能支付。不久之前,银行方面也停止了交易。"

津津井律师叹了一口气。

银行方面也停止交易的话,事实上公司就无法继续经营下去了。

换句话说,企业的心脏已经停止跳动了。

在那之后,剑持律师也尝试了各种各样的反驳,但最终,格雷姆商会的破产是板上钉钉的事了,我们一直在追查的内部投诉案件也到此为止了,这一点并没有改变。

花了这么长的时间一直在追查,但还是这样不尽如人意的结局。

我已经筋疲力尽了,剑持律师看起来很生气,脸上的表情与发现只野女士遗体时一模一样。

古川君"啪"地拍了一下手。

"好不容易案件结束了,我们开个慰劳会吧。"他轻松地提议道,"调查了这么多,真不容易啊。一定要吃点好吃的东西,犒劳一下咱们自己。"

这是古川君关心人的方式吧,但他致命性地不会察言观色,又可能古川君只是单纯地肚子饿了。

总之,我们决定一起去附近的咖啡店吃午饭。

吃饭的时候,剑持律师很不高兴,一句话也不说。古川君像往常一样，香喷喷地吃着看起来很好吃的大份套餐拼盘。

"啊，果然，案子结束后的饭菜就是好吃啊。如果可以的话，真的想喝杯啤酒呢，不过应该会被负责的秘书骂吧……"

"大白天的，还是不要喝啤酒了吧。"我一边敷衍地回复着，一边吃着意大利面。我本来吃得就很慢，剑持律师和古川君平时吃得快，所以光是为了不比他们两个人吃得慢，就吃得很累。

"所以，"最先吃完饭的剑持律师开口说道，"投诉近藤玛利亚的人到底是谁呢？"

她挽着胳膊搭在头后面，看向斜上方。

"是谁都无所谓吧。"古川君一边接过新添的米饭，一边说道。

剑持律师不理古川君，继续说着："最有可能的是，讨厌近藤的同事，想故意给她使绊子。但是，就算是故意使绊子的投诉，也应该投诉更容易理解的内容不是吗？比如说投诉她工作态度不好，或是对后辈进行职权骚扰等。竟然会投诉她想让公司破产，这样异想天开的投诉能让近藤受到处罚吗？从常识上来说，这不是很奇怪吗？"

从剑持律师嘴里听到"常识"二字，有些不习惯，但是道理确实如此。

内部投诉允许匿名投诉，一般公司会去确认投诉内容的真伪，但是，除非是性质相当恶劣的投诉，否则一般不去确认投诉者是谁。只是，这次出了人命，川村律师也受伤了，如果这个人能成为解决案件的线索，也许可以允许确认投诉人。

"但是没办法调查投诉人吧？被匿名处理了。"我说道。

剑持律师也点了点头。

但意外的是，古川君却插嘴说："没那回事。"

"看电子邮件的数据源，就可以确定发信人的邮件地址。如果使用的是格雷姆商会的工作用邮箱地址的话，可以马上确定投诉人。即使使用了私人地址，大多数情况下，公司也会登记私人邮箱地址作为紧急联系方式。只要对照地址，也许就可以找到投诉人。再调查一下的话，应该会得到更详细的情况……"

剑持律师惊讶地张着嘴，注视着古川君的脸。

"古川君，你很在行嘛，怎么突然变聪明了？"

"突然变聪明是什么意思？我本来就是个有能力的男人。"古川君愣愣地笑了，"我大学本科就是计算机信息化专业，原本打算成为系统工程师的。"

"哇，是吗？"

"是啊。但是我大学期间净参加社团活动了，报考计算机信息专业的研究生考试落榜了，却考上了法学的研究生，所以就阴差阳错成为了律师。"

古川君的经历我是知道的，所以并不吃惊。剑持律师好像是第一次听说，赞叹不已地频繁点头。

"那么，拜托你稍微调查一下投诉人吧。"

剑持律师以轻松的口吻说道，古川君摇了摇头。

"我不想干。再说了，已经是破产的公司了，调查又有什么意义呢？剑持律师你自己不行动，却随意地向别人发号施令。"

古川君开始嘟嘟囔囔地发起牢骚来。因为他总是被剑持律师使唤得团团转，心有不满。

趁他们说话的工夫，我慌慌张张地吃着，不然让两个人等也不好。我马上就要吃完的时候，手机响了。

通知栏上显示着"涩野"，是我向幸元社长介绍的律师。

之后再回电也是可以的。但是，我看了看那两个人，好像在争吵些什么。

我站起身，离开了座位接电话。

"有件事我想跟你说一下。"涩野草草地打了个招呼，切入正题。

"丸幸木材的破产重组计划，好像行不通了。"涩野低沉的声音继续说道。

"关于重组计划，因为是别的律师在做，所以详细情况我也不清楚。但是，最近针对丸幸木材公司的挤兑越来越严重了，丸幸木材的办公室有些陷入恐慌状态。"

"挤兑？是客户蜂拥而至吗？"

"是的。社长连日来都在接受警察的问话。因此，周围传言四起，说社长好像是以杀人罪被逮捕了。"

"没有逮捕吧。警方的证据还没有充分到要逮捕的程度。"

据我所听到的信息，我认为警方还没有收集到足够逮捕社长的证据。

"老实说，确实是还没有到逮捕的阶段。我也向社长这么说明过，但是社长自己变得很胆怯。而且，社长的申辩也不能公开。"

确实，既然社长的申辩不能公开，那么社会上就会把社长看作是"身处被害者死亡现场的人"来对待，一定会出现他可能是杀人犯这样的谣言。

"社长作为企业经营者，被以杀人罪逮捕的话，会给企业经营带来很大的影响。担心经营恶化的客户纷纷来到公司，闹得天翻地覆。这样下去，法院好不容易批准的重组计划也许会被取消。"

"取消重组计划……也就是说，重组失败，公司破产，公司要完全消失了。"

"是的，会变成那样。"

我发着愣，向涩野道谢，挂断了电话。我一边回到座位上，一边念头在脑子里盘旋着。而且，浮现的想法萌芽也逐渐变得确信。

剑持律师和古川君一手端着饭后的咖啡，热烈地争论着什么。我坐下来，随即对他们说："丸幸木材的重组计划好像要失败了。"

两个人同时看向我，我告诉了他们从涩野那里听到的话。

"格雷姆商会、丸幸木材都被毁掉了吗？"剑持律师发问。

"丸幸木材在时间上还有回旋的余地，但再继续这样下去的话，就不好说了。"我没有动桌上剩下的饭菜，继续说道。

"我可能知道只野女士想做的事了。只野女士想击垮公司。"

"不是那样的。"剑持律师插嘴道，"从她至今为止的工作经历来看，只野女士与公司破产有着某种关联，不妨可以把她当成协助者来看待。"

"是的。只是，我不认为她只是一个协助者。只野女士为了毁掉公司，倾注了非比寻常的心血，甚至为此自杀了。"

正在用牙签剔牙的古川君停下了动作。

"只野女士是不是为了确保让格雷姆商会和丸幸木材完全破产才自杀的呢？这么一想，所有事情都合乎逻辑了。"

"嗯，只从事实上来看确实如此。"剑持律师陷入思索。

"以只野女士的自杀为起点，这两家公司确实都被掐断了最后一口气……"

"首先，采取在斩首室被斩首的形式，我认为这个策略是为了戏剧性地传播传言，让大家知道格雷姆商会的经营恶化了。"

古川君说："还有更简单的方法吧。比如，拿出经营资料公开给大家。"

"不，原本格雷姆商会就有过报道说，法国的兰德公司终止了合同，经营不佳。但是因为服装行业整体不景气，所以没那么显眼。一个没有什么影响力的个人，即使拿着资料散播出去了,也不会成为人们热议的话题。所谓谣言,只有越荒谬、越夸张的事情才越能成为谣言。"

剑持律师脸上露出不满的表情,却没有反驳,大概是想先听听我接下来怎么说吧。

"把幸元社长叫出来,是为了让社长身负杀人的嫌疑,毁掉丸幸木材的破产重组。为此,只要有不好的传言就足够了。没有必要做到让幸元社长真的被认定是犯人,把罪名推到他身上。但是,有必要让血淋淋的幸元社长被人目击到。正因此,她特意选择了我们在旁边听证的时间段。但是,与只野女士的预想相反,幸元社长顺利地从那里逃走了。"

对于这点,剑持律师点了点头,我继续说道:"我们没有看到社长。所以在社长被怀疑之前,警方多花了十天左右的时间。"

"是的。"

"对了。"古川君插嘴,"话说回来,丸幸木材在五年前就破产过一次了吧。那次破产好像也和只野女士有关系。"

这一点,我也一直很在意。但是现在有答案了。

"那一次差点破产。但是公司并没有支离破碎、消失不见,而是决定走破产重组的程序。本来以为已经毁掉它了,结果它用破产重组的方式重新活过来了。"

实际上,丸幸木材公司再过一年就完全恢复原样了。我觉得只野女士不愿意看到这种情况出现。

剑持律师喝了一口手中的咖啡,把咖啡杯放到桌上,开口说道:"只野女士向幸元社长询问公司的重建情况,也是在确认今后要毁掉的目标的现状吧。"

"没错。"

"原来如此……这么说来,美马你还记得吗?"剑持律师回忆着,继续说,"哀田律师说格雷姆商会可能会得救的时候,只野女士不是非常激动吗?那时,我们都以为她是意识到格雷姆商会要破产是自己的失误,在责备自己。"

我想起了当时只野女士的表情,她的圆眼睛闪烁着光芒。那时我也觉得,只野女士是对公司破产自己所负责任而感到不安。

"但是事实上却正好相反。她很担心格雷姆商会会幸存下来,担心律师们的努力会给格雷姆商会带来帮助,所以只野女士摸索着给格雷姆商会最后一击的方法。于是,同时毁掉格雷姆商会和丸幸木材的方法,就是那天的自杀吧。"

原来如此,我自己并没有注意到,那时只野女士的表情,也许就是这个意思吧。

"执着于让公司破产的人,就是只野女士吧。"我轻声说着。

我想起了只野女士健康的圆脸,可爱的大眼睛,只野女士用那双眼睛在看着什么,在想着什么呢?

"但是,"古川君插嘴说,"在高砂水果公司,没有确认只野女士是否参与其中。而且小野山金属公司也只有只野女士就职过的信息,她与公司破产具体有什么关系,我们也不知道。"

确实如此。

"好，再调查一下的话，应该能了解更多的东西吧。"剑持律师轻松地说。

"还是有很多不明白的事情。她为什么要让公司破产呢？而且，只野女士为了让公司破产，倾注了非同寻常的热情，这不奇怪吗？"

剑持律师皱起眉头。

"在这次接连破产中的受益者只有特托拉贵金属吧。毋庸置疑，特托拉贵金属的相关人员做了什么，只野女士作为协作者也进行了与之相应的工作。但是，有什么理由能让只野女士甚至不惜用自杀来协助呢？"

我也有同感。即使让公司破产，也应该对自己没有什么好处。格雷姆商会的董事安西先生似乎也愤慨地说，"将我们公司毁掉，能得到什么好处呢"？

"是与只野女士的姐姐有关吗？"我随口说道。

只野女士的姐姐理江也在小野山金属和丸幸木材工作过。

"我推测她也许是因为姐姐的事，对这几家公司有怨恨，想要复仇。"

听了我的话，剑持律师用胳膊肘撑在桌子上。

"但是，那样的话，对怨恨的人直接发泄怨恨不好吗？比如说，如果对社长有怨恨的话，刺杀社长不是更简单吗？没有必要用特意让公司破产这样迂回的方式，还有很多更简单的复仇方式啊。"

确实，我也回答不上来。

只野女士甚至有机会刺杀幸元社长，但是只野女士却选择了自杀的道路。考虑到只野女士的目标不是社长个人而是公司，就能逻辑通顺了。但是，我们却不知道她以公司为目标的理由。

"还有一个疑问：只野女士对让公司破产一事充满了热情。为了让公司破产，不惜选择'自杀'的方式，还是很奇怪。刚才美马律师说的话，怎么想都还是证据稍微薄弱了一些……虽然，从结果来看是说得通的，但是在亲眼看到公司破产之前，好好活着不是更好吗？之前她花了十几年的时间，为了让公司破产，做了各种各样的事情。但就在最后关头，她选择匆忙赴死也很奇怪。坚持到底，在公司破产前多尝试几次不是更好吗？但是，她却选择了孤注一掷去自杀……"

最终，那天我们没有得出结论。剑持律师提出的疑问也很正常。如果要向什么人复仇，还说得过去，但是非要让公司破产的理由却完全不清楚。而且还是以非同寻常的热情要摧毁公司，理由到底是什么呢？而且，就算她的目的是让公司破产，选择自杀这种手段也不合理。

我想起了只野女士圆滚滚的身影。她笑的时候脸上浮现出酒窝。在那个笑容的背后，她究竟在想什么呢？

第四章 老虎的尾巴

我们回到了各自的工作中。因为在这个案件上花了不少时间,所以积攒了很多其他的工作,只是把着急的工作做了一下,就到了深夜一点。

我打车回到家,从玄关一直到屋里,都是一片漆黑。

奶奶在的时候,在玄关和走廊、起居室都会给我留灯。

奶奶虽然心梗住院,但我一直坚信治疗好了之后就能回家。没承想,奶奶却以这种意想不到的方式离开了。

医生说,因为奶奶是在睡眠中病情发作,所以应该不会感到疼痛。只有这一点,聊以慰藉。

但是,奶奶自己在入睡之前,完全不知道自己会迎来死亡。我一想到那时奶奶的心情,就觉得心里不是滋味。

奶奶的遗像,我用了在成人仪式上一起拍的照片,因为那张照片上的奶奶,笑容是最好看的。

我打开了暖气,一边等着房间变暖,一边呆呆地看着遗像。我今后每天都会像今天这样,回到阴暗冰冷的房间吗?只是一个人生活下去吗?跳槽、相亲、结婚……建立一个幸福的家庭,也许就不会寂寞了吧。奶奶也希望看到这些吧。

但是,我又是为了什么呢……

我已经不知道,让自己幸福,有多少意义。我之前一直在努力,为了守护奶奶和我自己。但是,现在奶奶已经不在了。

我自己找到了可以让自己勉强生存下去的职业,已经不需要再努力了。这么一想,我不知道该怎么办才好了。

我在起居室坐着,突然没了力气,一步也走不动了。

第二天，我请假了。

悲伤就像运动后的肌肉酸痛一样，迟来了。

早上醒过来，我意识到没有必要做奶奶的饭了，心里空荡荡的。我也没有心情做家务，没有心情去上班，没有心情做任何事情。

我的脑子明明很清醒，却一直躺在被子里。

我向事务所请假的时候，理由是身体不适。但是，大家应该都知道是奶奶去世的影响吧。

真不应该不小心在事务所哭的。如果只是身体不舒服的话，剑持律师会因为我健康管理做得不好而发怒吧。但这次，剑持律师什么都不说。我讨厌剑持律师的这种温柔。

在案件的推进中，自己差点就要开始喜欢剑持律师了。现在，我想坐时光机去见那个时候的自己，拍醒自己。剑持律师和我出生的星球不同。

果然，社会是不平等的，不合理的。

人生的起跑线因出生环境而异。我们生来就被编入等级制度的一部分。与穷人相对有富人，与女人相对有男人，与乡镇相比有城市，与丑陋相比有美丽。不知道是谁制定的基准，是谁不重要，现实当中有序列之分是事实。

而我，出生在等级制度的下层，土生土长的穷苦丑女，仅有的就是我还有家人。相比于那些被家暴的人，我还算不错吧。话虽如此，但我们彼此都身在社会底层，这一点是毋庸置疑的。

我一直努力着，从下往上爬。我也想让奶奶生活得更好。

我拼命学习，取得奖学金，和奶奶一起去东京，一边打工赚生活费，一边从大学毕业。为了司法考试而学习的时期，打工也没有停下。我好不容易通过考试后，激动地流下了眼泪，因为终于可以不用再为明天的伙食费烦恼了。

奶奶也很高兴。我和奶奶可以说是一起战斗的战友。为了能更好地生活，我们一起努力。可是，奶奶在临死前却说，"你不必那么努力了"。

奶奶这么说，可太难为我了。那我之前的人生算什么？今后怎么办才好呢？

我迷迷糊糊地摆弄着手机，收到了美法发来的短信。

她对我表示关心。

自从上一次在相亲联谊会后吵架以来，我与美法一直没有联系。我和美法在同一个事务所工作，想见面的话马上就能见面，所以以前经常一起吃午饭。

我从来没有对美法说过自己家庭的情况，也没有从美法那里听说过关于她的家庭状况。但是，她早就知道我从学生时代开始就终日忙于打工，或多或少察觉到了一些我的情况吧。在学习方面，美法给了我很大的帮助。美法是个学霸，是个法律宅女。她经常把她的上课笔记借我复印。考试前有不明白的地方，一问她，她会马上教我。

如果是剑持律师对我做同样的事情，我会感到不开心吧。

我会怀疑，她是看不起我吗？她是在怜悯我吗？所以我不能坦率地接受剑持律师的好意。

但是，被美法亲切对待，我却完全没有感觉到被鄙视或被怜悯，那一定是因为我看不起美法吧。美法对衣着没有讲究，所以完全不受异性的欢迎，我从来没有听说过一个与美法相关的绯闻，这让我很放心。

我要是能帮助美法就好了，就像美法一直在帮我那样。

可是，我却鄙视美法，一个劲儿地叱责她。

我想马上向美法道歉，便开始给她发消息。但是写了又删，删了又写。最后，写了几次，还是在写到一半的时候，决定放弃了。

这样轻率地用短信道歉，本身就让人觉得不真诚。我苦恼着，最后发了邮件说："今天能在什么地方见面聊天吗？"

美法很快就回信过来。我们说好在离事务所有些远的一个咖啡店会合。

我拖着沉重的身体从被子里钻了出来。如果没有事情的话，今天一步也不想动弹。我感觉自己像是为了能重新振作起来，作为权宜之计，才决定向美法道歉的，所以罪恶感反而越来越强烈。美法一定不会在意这些吧。

中午，美法从事务所出来了。

美法像往常一样，素颜，头发蓬乱地在后面扎成一个结，穿了一件不合身的朴素西装。对于不了解美法的人，她会给对方留下笨笨傻傻的求职生的印象吧。

"我听说了你奶奶的事。节哀顺变。玉子你一定很难过吧。"美法一坐下就这样说道。她看着我,一副担心的样子。

"我也曾以为,玉子你那么坚强,也许没问题⋯⋯但是,果然不是那样的。是啊,肯定是很痛苦的。"美法长着雀斑的脸上,露出放松的微笑。

"你什么都没吃吧,总之先点些什么吧。"

我什么话都没说。

明明这么近的地方就有朋友在,我却为什么从来没有从心底信任她呢?

"啊⋯⋯"我尽量发出声音。

声音低沉得不像样子。

"那个⋯⋯"美法一直盯着我。

"上次联谊那天,我说了很过分的话,对不起。"

我低下了头,不是摆姿态,而是自然而然地低下了头。

"欸?"美法发出很大的声音。

我抬起了头。

"联谊?现在这个时候你还提那件事?"透过眼镜,美法瞪圆了眼睛。

"不是的,我一直没有道歉,总觉得很在意呢。"

"怎么说呢?"美法发出了惊讶的声音,"玉子你,总是在奇怪的地方那么认真。"

美法叫住路过的工作人员,随便地点了些菜和饮料。

"你奶奶去世了，顾不上谈论这些事吧。比起担心别人，还是担心自己比较好。最近你工作好像也很忙啊。"

"玉子你总是装可爱，总是让男孩子帮忙做些什么，表面上依赖别人。但是，关键的地方却总是想自己一个人承担。"

她说了和奶奶一样的话，更让我吃惊。

"我有这样吗？"

"嗯，有的！"美法断言道。

"我会听你倾诉的。虽然也没必要勉强自己说出来，但是，有的时候，向别人倾诉完，自己能变轻松。"

美法喝了一口服务员送上来的热咖啡。

"而且，联谊的事我也不好。因为被你指出了我没有自信的部分，所以我恼羞成怒了。"

"没关系，那是我不好……"

"不是，是我不好。但是有一个误会要说清楚。那天，我说那两个男人'有些说不上来的感觉'，我所想的并不是我的感觉。我想说的是，那两个人对于玉子来说不适合，并不值得玉子你点头哈腰。"

话题朝着意料之外的方向转变，我感到有些迷茫。

"但是，医生和商社职员，应该有很多人很喜欢吧。而对我们这些女孩子的评价标准是年龄和外表，所以不主动热情些的话，就没办法那么受欢迎。"

"不是的。所以说，"美法一边从服务员那里接过沙拉和干酪生牛肉片，一边说道，"玉子，你脑袋里的那些序列，我觉得很奇怪。一般来说，可能有这样的序列。但是，这是谁决定的呢？"

"是谁很重要吗？"我把沙拉塞进嘴里。

"是有人决定的。我觉得是那些从制定序列中获利的人自己决定的。恋爱市场的序列是有钱或有权力的男人，在几世纪前就决定好的吧。没有必要遵从那种框架。"美法微笑着说。

"如果不遵守框架的话，怎么办才好呢？"

"我不知道。玉子你做自己喜欢做的事情不就好了？"

美法一边回答，一边把干酪生牛肉片放进嘴里。

"你说让我做自己喜欢做的事。可是……"

我很迷茫。之前，我从来没有时间考虑自己喜欢什么，总觉得要遵从社会上的常识。

"话说回来，如果我不稍微在意一下外表的话，可能就找不到对象了。"

"美法重视内在，不是挺好的吗？"我坦率地说。

"这是什么意思？你想说我是丑女？"美法鼓起嘴巴。

我和美法对视了一眼，一齐"哈哈哈"地大笑了起来。我的食欲一下子回来了。

回到家后，我又想起了和美法的交谈。

即使是上了岁数的奶奶，也交到了男朋友。到了那个年纪，外表也不是关键因素了。

女人的年龄和外表很重要，这也许是谎言。如果让女人坚定地相信这是真的，会有人从这样的谎言里得到好处。

话虽这么说，到处说"这是谎言"，也无济于事。但是，是知道谎言是谎言，与别人打交道，还是将谎言信以为真，与别人打交道，心情是完全不同的。

我想问问想和奶奶结婚的赤坂，到底是喜欢上了奶奶的哪里。虽然我觉得，他只是被奶奶的装可爱攻击给迷倒了而已。

我拿出了放在丧服口袋里的赤坂的名片。

我注视着名片，整个人愣住了。

特托拉贵金属股份有限公司董事长赤坂宗男

在火葬场见到的那个老人、奶奶的结婚对象，是特托拉贵金属的社长。

奶奶所说的"阿宗"，原来就是"赤坂宗男"的"宗"。

奶奶收到了特托拉贵金属的戒指，上面的钻石很大。那时，我想对方大概是个有钱人吧。

但是，如果只是单纯的有钱人的话，就不会选择特托拉贵金属这样的中端制造商，而是会送世界级的高端品牌的高端戒指吧。硬要选择中端制造商，装上大钻石，让人感觉得出，他对这个品牌有所偏爱。那是当然的了。奶奶的婚约对象是特托拉贵金属的社长。他是想送自己的品牌中最好的戒指给奶奶。

疑问不断涌现出来。

奶奶和特托拉贵金属社长之间的关系是偶然的。但是,真的存在这样的偶然吗?奶奶自己也说过,她喜欢能主动引领自己的精力充沛的男人。因此,虽然都是老年人,相较于退休的人,她更容易被还在公司上班的人所吸引。那就是赤坂。

这么说来,与赤坂见面后的川村律师问过:"美马律师有奶奶吗?"剑持律师向我转告过。也许川村律师从赤坂那里听到了什么,察觉到了赤坂和奶奶以及我之间的联系。

尽管如此,我的脑子里还是没有整理好思绪。接连破产事件的谜团,与奶奶的死亡纠缠在一起,我的思绪变得杂乱无章,混乱不堪。

看着赤坂的名片,我叹了一口气,然后静静地下定了决心。

这次的一连串的破产事件,如果不处理好,我就无法继续前行。我这么告诉自己。

真是不可思议。奶奶的死亡和破产事件,因为是同一时期发生的两件烦恼的事情,所以可能在不知不觉中,在我自己的心中纠结了起来。如果不解开其中一个的话,另外一个也无法解开。双方互相纠缠,双方都悬而未决。

一旦解开了破产事件的谜团,那剩下的就是属于我自己的真正的烦恼了吧。为了整理好自己的心情,我想无论如何先行动起来。

2

第二天，我去了赤坂的家。

赤坂的宅邸位于世田谷区，距离车站步行十五分钟左右，坐落在交通不怎么方便的一块高地上。住在这种地方的人可能也不会坐电车。

映入眼帘的房子没有预想的那么豪华。

是个没有什么特点的二层楼房。说是和式建筑也称不上，说是西式建筑也不甚相称。米色墙壁，灰色瓦，非常普通的房子。没有院子，一进门就是玄关门廊。

我事先联系过赤坂，说要来拜访。

我在门铃处表明了身份，玄关的门马上就开了。

赤坂前几天穿的是丧服，今天穿了西装裤搭配衬衫，在衬衫外面套了一件马甲，给人一种很清爽的印象，但是也没有什么让人特别印象深刻的地方。

客厅也是西式的常见构造。

"你好。"

赤坂低下头向我打招呼。

他背部挺直，行动敏捷，比穿着丧服的时候显得年轻了。头发也还有一半是黑色。

"没想到你真的会来拜访我，我很高兴。"

第四章 老虎的尾巴

听到这话,我很尴尬,明明几天前那么冷淡地对待了他,这次却又主动赶了过来。但是我努力抑制住这种尴尬。

"前几天失礼了。那天我情绪不好……有事想请教您,于是就厚着脸皮来打搅您了。"我把略表心意的伴手礼茶点呈给赤坂。

赤坂一边轻声说着:"你太客气了,不需要的。"一边接过点心。

应该是赤坂事先准备好的吧。盘子里盛着老字号糕点店买来的一种名叫"最中"的豆沙馅儿点心。我带来的茶点也被拿了出来,放在盘子里。

"我是一个人生活的单身男人,如果方便的话请和我一起吃吧。"

如果是喜欢甜食的奶奶,应该会很高兴地吃吧。我不太吃甜食,但是一个都不吃的话也不好,就拿了一个"最中"的点心吃了起来。

"那么,你想问的是什么?"赤坂向我投来了试探的目光。

我有很多想问的事情。关于奶奶的事情,关于特托拉贵金属的事情。我最想知道的是哪件事,自己也不太清楚。

我的思绪还没有整理好,但只能先从容易问的地方开始问吧。

"那个……您和奶奶是如何结缘的呢?"

赤坂似乎对于我的提问放下心来,表情放松下来。

"是在婚姻介绍所。我已经七十岁了,最近有老年人相亲

213

活动,在那里遇见了阿岛。"

奶奶今年八十二岁了。虽说都是老年人,但年龄相差一轮。真佩服奶奶,居然能钓到比自己小这么多岁的社长。

"我和妻子离婚已经三十多年了。虽然一直想着就这样一个人度过余生,但一个人在家吃饭的话,还是会感到孤独。"

现在的我,多少也能理解这种心情。

"不好意思,您的工作是?"

虽然我从他那里收到了写有特托拉贵金属的名片,但是我还是想再问一下。

"我原来经营着几家公司。年过五十的时候,我想做新的事情,于是成立了一家名为特托拉贵金属的贵金属制造公司。我现在是那家公司的董事长,年纪不小了,还和年轻人混在一起呢。一直以来,工作就是我生命的意义,我一直精力充沛地工作着。"

从赤坂利落的说话方式中,也能感觉到他还是在工作的人。

"但是,自从和阿岛相遇后,我就觉得事业什么的都无所谓了。我想把自己人生中剩下的时间过得更有意义些。所以我本想结婚后,就在年内隐退。但这次发生了这样的事,我变得进退两难。"

赤坂说着,闭上了眼睛。

"哎呀,我失礼了。说了些我的隐退什么的无足轻重的事。在阿岛的孙女面前,这么说话太不谨慎了。"

"哪里的话。"我马上应答道。

赤坂以自己的方式,向我传达了他怀念着奶奶的心情。

因此,我觉得没必要再问他和奶奶的交往经过了。奶奶过得很开心。听赤坂说了这些,我想赤坂确实对奶奶百般照顾着、爱护着吧。

如果是这样的话,那么我在意的事就只剩下了特托拉贵金属和破产事件。

"我换个话题。"我深吸了一口气,开了口。

"特托拉贵金属是从各种各样的公司吸收部门和人才,逐步壮大的。您是怎么决定吸收对象的呢?"

赤坂吓了一跳,瞪圆了眼睛。

"呃,你为什么要问这个呢?"

"您可能听祖母说过,我的工作是律师。在律师的从业过程中,我听到过特托拉贵金属的名字。我调查了一下,贵公司主要是从破产的企业那里吸收部门和人才。请问是怎么选择吸收对象的呢?"

"你为什么想知道这些呢?"

赤坂的疑问是理所当然的。内部投诉的工作已经结束了,所以没有必要再调查了。就算查明真相,对我也没有好处。

"我自己也不太清楚……"我一边含糊地回答,一边将视线投向了自己的膝盖。

"前几天也有别的律师来问过同样的事情。"

我一下子抬起头来。

"莫非是叫川村的律师？"

"你果然知道啊。我从阿岛那里听说过玉子小姐你工作的法律事务所的名字。前几天来的律师先生是与你同一个事务所的人，我想可能是你认识的人。"

"您向他提到我的名字了吗？"

赤坂看上去有些尴尬地回答道："提到了……有什么不方便吗？"

"不，只是为了慎重起见才问的。完全没有不方便的地方。"我立即回答道。

难怪，我想。川村律师访问赤坂后，来问我祖母的事情，大概就是因为这个吧。

"我和川村律师在谈判席上见过好几次面。但是，他直接来找我，我很吃惊。"

"川村律师是因为什么事情来拜访您的呢？"

赤坂闭上了眼睛。他沉默了一会儿，说："我不太清楚事情的原委。但是，他问的事情，和玉子一样，问我是如何选择收购企业的。因为他问得很强势，我也一定程度上直截了当地对他说了。"

川村律师甚至不惜触犯了律师的禁忌来访问赤坂。想想他询问的样子，毫无疑问一定强势得相当可怕。

"所以，我也会对玉子小姐你说的。我前几日刚答应了有朝一日一定助你一臂之力，能说的话我会说的。"

赤坂交叉着手指，放在膝盖上。

第四章　老虎的尾巴

"我们这行都说，企业收购就是购买时间。"

赤坂突然开始谈论起了一般常识，我一边不明所以地听着，一边点了点头。

他的意思是白手起家开始建立企业需要时间。如果从外面收购一个企业的话，可以节省时间。

"我的余生也不长了，也有欲望，想在有生之年尽量让公司变大。现在想来，也太拼命了。现在我知道了，比起和阿岛相遇，让公司壮大什么的都是无所谓的事情。"

赤坂叹了口气。

"不管怎么说，为了尽快扩大公司，我积极地进行企业收购。从经营衰微的公司收购部门，单纯地是因为这样比较便宜。"

处于落魄状态的公司，为了想要现金而廉价地放弃自己的某些部门。这是常有的事。所以，从破产的公司那里收购部门本身并不奇怪。

但是，为什么偏偏是那四家呢。

"经营衰微的公司有很多吧。是如何从中选择的呢？"

"请咨询师介绍。"

"咨询师？"我追问道。

"是的。有咨询师会推荐某某企业的某某部门。让咨询师给我们推荐。"

确实，有人专门从事介绍收购企业的中介工作。他们会把适合购买的企业介绍给其他公司，就像公司的相亲介绍人一样。

"要付介绍费吧？"

赤坂点点头。

"是的。一般情况下，这种工作是以买入价格的百分之几的形式来收取手续费的，但我们每个月会以顾问费的形式支付给咨询师一定的咨询费。"

"那个咨询师是哪位呢？"

我一边按捺着胸口的悸动一边问。

但是赤坂却干脆地回答道："这个我不能说。"

"因为是别人介绍给我的，介绍的条件就是必须要保密。"

"但是赤坂先生您已经要隐退了，今后应该没有机会再请他介绍了。"

虽然觉得这是一种很残酷的说法，但我还是忍不住说出了口。已经隐退了，不就无所谓了吗，这种说法对于还在工作的人来说，听上去是很残忍的吧。

赤坂摇了摇头。

"是的，我想不会再请他介绍了。但是，人要讲信用啊，我也没有对川村律师说。

"你为什么想知道这些呢？"

确实。但是我不能告诉他关于内部投诉和杀人案件的事。

从赤坂说话的样子看，我不认为特托拉贵金属与接连破产事件有直接关联。特托拉贵金属只不过是在其他公司接连破产的情况下，捡拾着一个个零落下来的宝贝而已。

但是，有一个咨询师在向特托拉贵金属介绍破产企业。那个人是如何获得破产信息的呢？我认为他与近藤、只野女士之间有某种联系。

如果知道那个人物是谁的话，应该可以接近接连破产事件的真相。

"我不能说理由。但是——"

这时，我心中涌出了一个想法。一瞬间，心中产生了迷惘。但是下一个瞬间，我开了口。

"赤坂先生，您想知道我奶奶的过去吗？"我目不转睛地看着赤坂的眼睛。

赤坂像是被突然击中了一般，看着我。

"阿岛的过去……吗？"

"如果您能告诉我关于咨询师的情况，我也会告诉你关于奶奶的故事。与其说是奶奶，不如说是我的故事。"

赤坂明显动摇了。

"阿岛和你都不想说吧？"

"是的，我没有告诉过任何人。但是其实，这也并不是什么必须要隐瞒的事情。"

我知道自己的声音在颤抖。我没告诉任何人，是因为不想被同情。如果对交易有用的话，说了也无妨。

"可以吗？"

赤坂虽然迷茫，但是表现出了兴趣。他为了打听奶奶的过去，甚至在火葬场向我下跪了。这对于他而言，是无论如何都想知道的事情吧。

"是的。但是，请你答应我，告诉我那个咨询师的事情。"

赤坂一边不可思议地眨着眼，一边轻声说道："咨询师的信息吗？"

赤坂凝视着自己的手，沉默着。赤坂还是在迷茫。

过了一分钟左右，赤坂回答道："知道了。我答应你。"

"今后的人生，我不知道如何是好。如果不好好地了解阿岛，不整理好思绪的话，我就无法继续前行。"

赤坂的眼睛里，闪烁着平静的光芒。

我注视着那双眼睛，开了口。

"其实也不是什么大不了的事。我家在关西，世世代代经营着一家制作柿饼的公司，有一百多年的历史了，原本是种柿子的农家。"

"柿子，是吗？"赤坂一边重复着我的话，一边带着理解的表情轻声说道，"所以阿岛才那么喜欢柿饼啊。"

"奶奶喜欢爷爷和爸爸做的柿饼。但是，爷爷去世后，在爸爸经营企业的时代，企业变得难以继续维持下去。那时，我还是个孩子，所以不知道直接原因。我记得在工厂和家里，来了很多大声怒吼的大人，父母被逼得走投无路了。"

回想起当时的事情，我的心中已经没有了任何感慨。但是，可能是大脑拒绝回忆那时的场景吧，从那时以来，我就受不了血腥和凄惨的场面。

"有一天，我从学校回来，发现父母在家里悬梁上吊死了。两个人都购买了经营者保险，就算是自杀，也能获得保险金。每个人各两亿日元，合计拿到了四亿日元。"

赤坂睁大眼睛。对于我平淡的说话方式，他也许不知道该怎么反应。

"多亏了这个，我们才能把钱还给债权人。当然，还全额很难。在那之后，家里就只剩下我和奶奶了。"

"那时候玉子你几岁？"

赤坂放低声调问。

"八岁。"

听了我的回答，赤坂低着头，凝视着交叉在自己膝盖上的手指。

我想他是在同情我吧。我最讨厌被人这样对待，所以不想对别人提起自己的过去。但是这次是有目的的。

我继续说："奶奶当时虽然年过花甲，但还是出去工作了，主要是做大楼的清扫工作。她原本是大户人家的小姐，嫁给了当社长的爷爷之后，也几乎没有做过家务，当然，也从来没有在外面工作过。我想奶奶过了六十岁，开始做自己不习惯的工作，一定很辛苦，但是她一直忍耐着。"

"没有亲戚帮助吗？"

我摇了摇头。

"虽然老家有亲戚，但是家业破产之后，亲戚们就像四处飞散的蜘蛛一样逃走了，只剩下我和奶奶两个人。我们悄悄搬到了隔壁县，开始了生活。"

赤坂一动不动地听着。

"我上高中以后,就开始出去打工了,奶奶的负担减少了。两个人一起勤俭节约,一点点地存钱。后来我考上了东京的大学,幸运地获得了一大笔奖学金[9]。我想不能丢下奶奶,于是和奶奶一起去了东京。我比高中时代更加努力打工,所以生活渐渐变得轻松了。想办法成为律师之后,生活水平也明显提高了。成为律师的那天,我和奶奶喝了庆功酒。但是现在想想,应该带她去温泉旅行,应该让她更加享福的。"

我自言自语地说。

既要偿还奖学金的贷款,还要担心奶奶的医疗费。尽管如此,其实钱还是有富余的。只是因为小时候穷怕了,所以才全部都储蓄起来了,但是应该多花一点在奶奶身上的。

现在想起来,后悔的事情有很多。

"原来是这样啊。阿岛对玉子做的柿饼很自豪。我说也想尝尝,但是她不给我吃,我觉得很不可思议,明明有那么多柿饼呢。"

赤坂大概是指在住院期间奶奶藏着的那些柿饼吧。

赤坂寂寞地笑着说:"但是,我终于明白了那种心情。人生最重要的地方,是不想让任何人触碰的。"。

---

[9] 在日本,大学主要的奖学金模式是贷与奖学金,类似于中国的助学贷款,是需要毕业后进行偿还的。据相关调查,日本大学生群体中,每两人中有一人就是申请了贷与奖学金,也就意味着这些申请贷与奖学金的大学生毕业后就要面临巨额的助学贷款,因此日本大学生在完成日常课业的同时,还需要打工兼职去偿还贷款,这也是日本学生盛行以打工的方式去赚钱的一部分原因。

"我家里有很多,下次我带给您尝尝。"

"我这种退休老头,请随时来玩儿。"赤坂寂寞地说。

"对了……我们的约定。"

赤坂慢慢地站了起来,去了隔壁的和室,取了一份文件回来。

赤坂从文件里,拿出一张像名片的卡片。

"是这个。"

赤坂拿给我看。

老虎　090××××××××

白色的卡片上写着黑色的文字,仅仅写着这些。

"老虎?"我惊讶地问道。

赤坂说:"在企业家界,人们都称他们为'老虎'。也有传言说他们的老巢位于虎之门,所以才这么称呼。不清楚是真是假。"

"这是什么组织?"

"表面上看是投资家集团。如果有苦于资金周转的企业家向他们央求的话,就会得到帮助。但是,实际上可能接近于经济黑社会。只要能赚钱,他们什么都会做。他们头脑灵活,不做诈骗那种明目张胆的违法的事,只是游走于法律的边缘。"

我看着卡片。

我原本就十分讨厌那些被称为投资家的人。做企业来赚钱的实业家才应该是最了不起的。将那些实业家视作赛马的马匹，赌钱，叫嚣着赢了、输了的那些人，就是投资家。

自己没有勇气创业，却对实业家品头论足，说"这家伙不错啊""那家伙已经不行了"之类的话。

"是这个叫作老虎的组织，告诉了你合适收购的企业吗？"

我指着写有老虎联系方式的卡片问道。

赤坂自虐般地微微一笑。

"是的。虽然很愚蠢，但是我已经来日不长，急着要把公司做大。我通过一位企业家朋友的介绍认识了老虎。那个企业家朋友在那之后失踪了，可能是卷入什么危险的事情中了。"

"那个老虎很有名吗？"

我从事律师工作至今，一次也没听说过，觉得很可疑。

"还说不上有名……应该是只有极少一部分人才知道吧。如果是经济团体联合会的大人物或者行政层的话，也许会听过他们的传言，就像都市传说一样。"

我突然想起了津津井律师。当听说特托拉贵金属与案件有关的时候，他似乎很警惕地说道，"如果卷入危险的事情中，要迅速放手。我们要安全第一。"

津津井律师也许知道老虎的存在。

还有川村律师。他和津津井律师一样是身经百战的律师，

第四章 老虎的尾巴

即使没有从赤坂那里听到老虎的名字，也许也会猜到和老虎有关。

我道谢后，离开了赤坂家。

我想赶紧回事务所。

我坐在出租车上，将视线投向从赤坂那儿得到的卡片。

我没打算直接给这个电话号码打电话，我还不知道手里的信息怎么使用。为了慎重起见，我在网上搜索了"老虎"的名字和电话号码，但是没有得到相关的信息。也可以找理由向手机公司进行律师质询，但是这种电话资料一定是虚假的吧，注册的个人信息也不一定是正确的。只能先问问津津井律师了。我把赤坂给我的写有老虎信息的卡片放在了外套的胸袋里。

下了出租车后，我急忙向事务所所在的楼层走去。我走到津津井律师的办公室前，发现灯却没有开。我问了一下就在附近的秘书，她说："津津井律师去国外出差了。"

"啊？前几天不是刚去国外出差了吗？"

"是啊。津津井律师本来就喜欢旅行，所以出差很频繁。"

"可以发邮件或者打电话吧。"

秘书被我的气势吓到了，身体微微一颤，回答道："呃……现在还不行，津津井律师接下来还有十个小时会一直在太平洋上。"

"您怎么了？"秘书担心似的窥探着我的神色。

"不，没什么，谢谢。"我只能这样回答。

我一边朝自己的办公室走，一边思考。

这次的接连破产事件，是不是老虎这个组织在幕后搞鬼呢？近藤和只野女士或者是这个组织的一员，或者是被这个组织利用了。

让公司破产，推销其中一部分的优良部门，从买家那里收取手续费，或者每月收取咨询费。我不知道这样能赚多少钱。但是如果在全国都有组织地进行的话，利润比普通运营公司要大得多吧。

我的怒火一下子涌上来了。与其说他们是聚集在腐尸上的秃鹰，不如说就是吮吸生者生命的寄生虫。那些对事业充满热情的人们，被这样的寄生虫利用着。我脑子里清晰地浮现出这样的组织结构。

在日本的某个地方，有这样坐享其成的人。所以有些人无论如何努力地工作，生活都不会轻松。

"咦，美马律师。你没事了吗？"突然从旁边传来了声音。

我一看，是剑持律师从办公室出来了。

"你的脸色不太好。"

我盯着剑持律师的脸。剑持律师是个什么都拥有的人，这几乎到了不公平的程度。但是，与剑持律师争斗，以超越剑持律师为目标也无济于事。

我的脑海中突然浮现出美法说的话。

——"关键的地方，总是想一个人承担。"

为什么我之前要拘泥于那些小事呢？

我突然觉得视野开阔了。剑持律师担心地盯着我的脸。现在就算被剑持律师担心，我也不会生气了。

"剑持律师，我有件事，要诚恳地跟你商量一下。"

这句话，我之前只对男性说过。

3

"原来如此啊。"剑持律师抱着胳膊轻声说道。

现在是下午四点钟左右，办公室里还有其他律师。剑持律师急忙预约了会议室。

"但是很遗憾，我也没听说过老虎。"

我略过细节，向剑持律师转述了老虎的事。我借口说特托拉贵金属的社长正好是熟人的熟人，所以才了解到了情况。

"确实，津津井律师有可能知道。这件事很急吗？"

"小野山金属和高砂水果，已经没办法了。格雷姆商会也晚了。但是，丸幸木材——"

我的脑海里浮现出幸元社长漂亮的鞠躬。幸元社长是为了自己的事业拼命低头的人。尽管如此，现在却马上要被寄生虫吞噬了。

"虽然不是争分夺秒，但也不能悠闲地等着。丸幸木材的重组计划随时都有可能宣告失败。"

"等待津津井律师出差回来，是最好的选择。"

剑持律师沉思了一会儿，用明快的语调说："还有一个人，我们现在就可以对她进行调查。我们去问一下近藤玛利亚吧。"

"但是，怎么从近藤那里问话呢？"

剑持律师若无其事地说："想办法威胁她一下，总是有办法的吧。"然后露齿一笑。

我们给格雷姆商会打了电话，通过哀田律师预约了近藤。

说好在接待处碰头，但是到了约定好的五点三十分，近藤还是没有出现。我们再次向哀田律师确认后，哀田律师说她应该是五分钟前离开办公区下去的。

"她是跑了吗？"

剑持律师把手放在腰上，叉着腿站着。

"好吧，我们去她家里埋伏吧。"

"去她家吗？"我惊讶地反问道。

剑持律师从价值一百五十万日元的挎包里拿出近藤的简历，翻了起来。

"对，去她在神乐坂的家。"

剑持律师一点也不胆怯地说。

我们再次拦下出租车，去了神乐坂。如果近藤乘电车回家的话，考虑到换乘时间等，我们应该会更早到达。

近藤住的公寓是高级公寓，一楼的大门入口处也上着锁。

但是，剑持律师却泰然自若，拿出一张纸蹲了下来。

她把纸插入大门的间隙，从下往上滑动。于是，识别系统以为里面有人过来，门就开了。

"这样的公寓，光看外表很漂亮，其实安全性很差。"

剑持律师自言自语说道。我们坐电梯上了近藤所在的七楼。

一抵达近藤的房间，剑持律师就按响了门铃。

里面没有反应。

于是剑持律师用拳头敲了五下门。

"有人吗？放弃抵抗，出来吧！"

声音比平时更粗野。

正好坐电梯上来的同一层的住户斜视着我们，不过我们被当成是可疑人员也是理所当然的。

"我知道你在的，快出来！"

"剑持律师。"

我拉了拉剑持律师外套的下摆。

"这会不会给邻居们添麻烦。"

剑持律师皱起眉头。

"你在说什么？给邻居添麻烦不挺好的吗？像这样吵吵闹闹的，还不出来的话，就知道近藤应该是真的不在家了。"

我震惊于剑持律师竟然这么理所当然地说出口，确实理论上是这样的，但是这样一点都不顾体面，太厉害了。我可不想与剑持律师为敌。

在那之后，剑持律师又坚持了一段时间，但是房间里一点声音也没有。好像真的不在家。

"没办法，只能等一下了。"剑持律师在门前抱着胳膊，靠在另一堵墙上。

我也站在剑持律师的旁边等着。

过了六点，到了六点半，近藤还是没有回来。

我的腿站累了，蹲在走廊上，背靠着墙壁，虚坐在地上。剑持律师完全没有表现出疲惫的样子，一直站着。

"剑持律师，你为什么会协助我呢？"我把心底的疑问直接问了出来。

因为剑持律师是个冷漠的人，所以我觉得她不太会追查已经结束的案件。即使拜托她帮忙，我也预想她会说"一分钱都赚不到"，以平时的状态拒绝我。她是不是也在意破产事件的真相呢？

"为什么？"

剑持律师把脸转过来，面对面看着我，轻声说着。

"刚才你都快要哭了，虽然我不知道发生了什么事情。

"我虽然完全不知道为什么，但是你自己也有对这个事件的执着吧。我最近在努力尊重别人的执着。今年年初，我不是离开过事务所几个月吗？那时，我想到了这些。"

剑持律师像个宣读检讨书的孩子一样，用勉勉强强的感觉进行了解释。

"而且，对于这个事件，我也觉得不能就此不了了之。只野女士和川村律师都变成那样了。"

目睹只野女士惨死尸体的不仅仅是我一个人。虽然剑持律师看到遗体也面不改色，但即便如此，也并不是什么想法都没有。川村律师的事情也是一样。对剑持律师来说，也是一件令人震惊的事情。

剑持律师当然也是人，应该也有只有她自己才能感觉到的烦恼和纠葛。我每次都是只从表面看剑持律师，擅自将剑持律师看作像机器人一样，说她受到了上天的恩惠，我自作主张认为剑持律师是个没有任何烦恼的人。

不想被怜悯，不想被同情，但是最可怜自己的也许是我自己。我这样自己向自己辩解：我很可怜，所以我讨厌拥有得天独厚条件的剑持律师也是可以的。其实我只考虑自己，一点也没关注别人。

"对不起。"我轻声说着。

剑持朝着我看过来。

"为什么要道歉呢？"

"也不是什么特别的事。还有，谢谢你。"

剑持律师耸起肩膀。

"最近的年轻人想的事情，我完全不明白啊。"

"我们就只差一岁好吗？"我插嘴道。

"请算上心理年龄的差距。"

不知为何，剑持律师的脸上露出了得意的表情。

我们在那里又等了一会儿。脚麻了，我又站了起来。我开始想，这样一直等下去可能是白费工夫。

到了快七点，电梯门终于打开了，我们看到了那张熟悉的脸。

近藤玛利亚。

她一只手拿着通勤包，另一只手拿着便利店的袋子。看起来没有什么异样，一副下班回家的样子。

"你也太慢了！"剑持律师上前打了招呼。

"呃……"

近藤看到我们站在房间前面，很明显陷入了迷茫。

"律师们，怎么了？"

虽然很迷茫，但她还是走近了。想要进入房间，只能向我们走近。

剑持律师说："我们在公司预约了与你的面谈，但是被你放了鸽子。"

近藤瞪圆了眼睛。

"预约？我什么都没听说啊。这是怎么一回事？"

她看起来真的什么都不知道，又或许是演技太过逼真。

剑持律师稍稍抬起下巴说："好吧，没关系。我们有重要的事情要说。打扰一下好吗？"

剑持律师的措辞毫不客气，根本感觉不出打搅有什么不好意思。

"嗯……现在吗？"

近藤一边观察我们的反应，一边斜视着周围。

那是当然的。一想到我们一直在门前等她,附近的邻居不免会用奇怪的目光看待她。

"总之,请进到房间里来吧。"近藤转动钥匙,打开了门。

剑持律师毫不犹豫地走进了房间。我也跟了进去。

因为是高级公寓,所以我预想家里会不会有看起来很贵的家具。但是实际上,只是摆放着一个个小型家具。大概是在家电量贩店买的吧,也不是特别时尚。

出门时非常注意穿着,但是在谁都看不到的家里,布置得就很随意。

我们坐到了廉价的白色圆桌旁。

近藤一脸不安地问:"两位喝茶吗?"说着,拿着两杯大麦茶走过来。

剑持律师连眉毛都不抬,接过大麦茶喝了起来。

"那么,今天是有什么事呢?"

坐在对面的近藤,眼睛向上瞥着我们,是在戒备着我们。

"那我就开门见山地说,全部坦白对你有好处哦。"

剑持律师用宣言一般的语气说道。

我在一旁也吓了一跳,不知道她会突然这么说。

剑持律师的面色坦然。

"现在你也可以对我们置之不理。但是,之后暴露的话,我们也不能保护你了。"

剑持律师严肃地探出身子。

"你也是被命令,做着不愿意做的事吧。错的是那些人。"

"什么事情？我完全不知道你在说什么。"近藤不快地皱起眉头。

剑持律师叹了一口气。

"你是怎么选择自己工作单位的？"

近藤的嘴角歪了一下。

"工作单位？"

"是的，你有四家公司的工作经历吧，难道你不是受人指使要进哪家公司吗？"

"怎么可能有这么奇怪的事呢？"

"无论如何你都没有坦白的打算？"

"你让我说什么呢？"近藤嗤笑着。

"你不想说是吧。好啊，那就这样吧。格雷姆商会破产了。你又要找工作了，但请做好找不到新工作的打算。"

近藤瞪着我们。

"这是怎么回事？"

这是一种趾高气昂、瞧不起人的声音。

"你在第一家公司小野山金属公司的时候，参与了做假账吧。"剑持律师说着，把手伸到包里，拿出了几张名片。

公司名称都是杂七杂八的。这是近藤在小野山金属时代的同事和上司。

近藤的脸色一下子变得苍白了。

"虽然之前你一直隐瞒着，但是已经有证据证明，你承担了一部分做假账的工作。没有公司会雇用做过假账的人当会计。"

近藤与剑持律师对视了一段时间。近藤处在劣势,一看就知道了,脸色完全不同。

"首先,我想知道你们的要求。为什么来我家?"

"把真相全部说出来。现在说的话还可以原谅你。"

其实,这并不是剑持律师是否原谅的问题。但是,她说话的样子太过正气凛然,对方会被这种气势所压倒。

近藤动摇了,好像很迷惘。

"你就算不说,组织也不会保护你的。"剑持律师扯开嗓子,敲着桌子怒吼道。

那个魄力,让旁边的我也吓了一跳。

"你已经很努力了,趁现在金盆洗手不好吗?"剑持突然一下子转到温柔的语气。

"现在坦白告诉我的话,我不会让事情往坏处发展的。但是,之后被别人捅破,我可能就保不住你了。所以我现在才这样来询问情况。你只是被卷入其中而已。因为你是受害者,所以老老实实地说真话就好了。"

我不知道近藤是否只是受害者。但是,以受害者的身份询问,近藤确实更容易开口。

近藤垂下眼睛,不停地眨眼。

"虽然你这么说……"

她的眼角流出了一滴眼泪。

近藤用双手捂住了脸。她心门被攻破了。

她轻声说着:"因为……因为……"

她像水坝决口一样开始呜咽起来。

剑持律师立刻走到近藤的旁边,抚摸她的后背。

"如果我老实告诉你们,你们能替我隐瞒做假账的事情吗?"

近藤带着怨恨的表情抬起头,看着剑持律师。

"嗯,我保证。"剑持律师立即回答道。

近藤一边颤抖着一边开始说。

"我真的没办法。不知什么时候,就深陷其中了……"

我确认了自己外套胸前的口袋,里面隐藏着 IC 录音机。

"我在第一家公司小野山金属公司时,兢兢业业地工作。什么都不知情。明明只是做了上司安排的工作,却不明不白被卷入做假账风波。"

公司破产了,近藤也被解雇了。在走投无路的时候,她遇到了小野山金属时代的同事只野女士。

"只野女士说,'如果你去我所说的公司工作的话,我每个月会给你三十万日元。请不要问具体原因'。我被金钱冲昏了头脑。其实,她拜托我做的事情,没有一件是违法的。我按照只野女士的要求,入职了丸幸木材。明明只是普通的工作,每月却能汇三十万日元给我。我偶尔和只野女士一起吃饭,她也会问我近况和公司的事情,但只是像平常朋友一起去吃饭交流的内容。"

近藤抬起了目光,看向我。

"听说你在丸幸木材公司的时候，把只野女士介绍给了社长。"我像同情近藤一样，向她投以温暖的目光，问道。

近藤似乎想再次证明自己没有错，又开始诉说起来。

"丸幸木材的社长苦恼于木材的采购，整日提心吊胆，心情十分不快。在这样的情况下，只野女士说她知道一个合适的人，可以介绍一下，然后介绍了诺菲，社长也大喜过望。没想到出那样的事。"

近藤的话在这里停住了。

自己的行为成为公司破产的原因之一，近藤多少也会抱有罪恶感吧。正因为如此，她才会想要宣称自己什么都不知道，也没有预想到公司会破产，不是自己的错。她用轻松的语气向周围的人吹嘘自己至今为止工作过的公司全部都破产了，也从另一个角度体现了她的罪恶感吧。

"接下来就职的是高砂水果，这也是只野女士指定的。我们还是偶尔见面，聊点家常，聊点公司的事情。但是，关于高砂水果的破产，我什么都没做。"

高砂水果破产的起因是给一个叫山峰的男人送去邀请函，在企业家交流会上，介绍山峰和社长相互认识。邀请函由只野女士自己发送。

但是，据说将山峰和社长撮合在一起的是一个高个子男人。只野女士也许还有其他的同伙。

"明明我什么都没做，高砂水果也破产了。我终于开始感到了毛骨悚然。我觉得还是与只野女士断绝关系比较好，但是，又不舍得轻易放手每个月的三十万日元。我觉得自己真是个笨蛋。"

近藤从七年前开始得到报酬。每月三十万日元，一年三百六十万日元。七年就超过二千五百万日元。习惯了拿那么多钱的话，也不是不能理解她不舍得放手的心情。

"最后，我按照只野女士的要求，进了格雷姆商会。在格雷姆商会什么也没做。只野女士交代我说，'让我们假装彼此是不认识的人吧'。那个时候，我隐约觉得只野女士隐瞒了什么事，所以我也不希望周围的人知道我与只野女士原来就认识，或者关系好。所以，在律师们的听证会上，你们提到只野女士和我关系很好时，我吓了一跳。我说我和只野女士并没有什么特别亲近的，也是这个原因。"

说到这里，近藤叹了口气。

"其实，我早就想过要放弃了。因为卷入了奇怪和令人害怕的事情，所以很不安。律师们的听证会，也是在调查只野女士和我周围的情况吧。"

近藤像是在询问似的看着我们。

"因为我在公司被同事讨厌了，不管去哪个团体，我都会被嫉妒。"

到了这个时候，语气居然还多少带有些骄傲。

"所以，我想是有人嫉妒我，去告密了吧。之后，只野女士又发生了那样的事……"

近藤哽咽着，又开始抽泣。

第四章 老虎的尾巴

"你为什么会认为是有人告密呢？是不是你的被害妄想症呢？"剑持律师尖锐地问。

近藤自己应该不知道有关于自己的内部投诉吧。自己怎么会认识到有人告密而被卷入麻烦中，这点很奇怪。

"这不是被害妄想症，是董事安西先生悄悄告诉我的。说是有奇怪的告密，但他会帮我糊弄过去的，让我放心。"

近藤横眉立目地说道。对于她来说，被说成是被害妄想症是无法忍受的。

"安西先生，不是管理部门的董事吗？"剑持律师看上去有些伤脑筋。

"真是的，这家公司的法律体制这么糟糕！怎么把投诉内容告诉给本人了，还说要帮忙糊弄过去，真的是……"

我终于明白了事情的大概框架。

基本上，重要的部分是只野女士执行，近藤担任信息收集和辅助的角色。只野是通过丰厚的报酬，利用了近藤拜金的性格。

然而，拿到钱的近藤，行动太过引人注目，被周围的人讨厌了。内部投诉的应该是讨厌近藤的某个同事。

我们进行听证会，只野女士也着急了。所以她突然决定说"与近藤小姐商量过"，打算将我们的怀疑转移到近藤身上。

只野女士支付给近藤超过二千五百万日元的钱是从哪里来的，这是个疑问。但是，我不认为只野女士能准备那么多钱，也许是老虎的资金。

"只要你在只野女士指定的公司工作,那家公司就会破产。这样的事反复发生,你也没注意到只野女士破坏公司的行径吗?"剑持律师提出了最重要的问题。

大概是感受到了剑持律师责备的语气吧,近藤反驳道:"我不知道只野女士在想什么。"

"你从来没有从只野女士那里听到过关于她个人的事情吗?"

近藤仿佛在追寻记忆一般,眼珠转动。

"虽然我经常和只野女士去吃饭,但她不怎么说自己的事情。大多数情况都是我在说。"

只野女士微笑听着近藤的抱怨,这样的画面浮现在我的眼前。

"但是,我曾经问过她,是怎么选择我就职的公司的。虽然我有簿记一级证书,但是去只野女士指定的公司就职也是很难的。从专业性和经验来说,应该会被雇用的,但是转职次数增加的话,企业方面也会警戒。所以,听从只野女士的指示也不是那么轻松。尽管如此,只野女士却从来没有向我道过谢。我觉得她做得不太合适。"近藤嘟起嘴。

站在只野女士的角度来看,她每月都要付给近藤三十万日元的报酬,所以并没有特别想道谢的意思吧。

"是啊。录用面试不允许失败,你的压力也很大吧。"我说了一句体贴近藤的话。

近藤抬起头,泪眼蒙眬地看着我。

第四章 老虎的尾巴

"是啊！最终，跳槽的成败不就取决于面试吗？每次我都很紧张。我觉得只野女士自己找工作不就好了吗？为什么不自己找工作，而是送我去呢？"

"我问过只野女士，一开始她没有告诉我，但是有一次，我喝醉了，所以纠缠着她问了很多。她回答说，'因为这些都是我姐姐曾经工作过的公司，也许公司里的人还记得我姐姐，我不方便去工作'。"

四家公司中的丸幸木材和高砂水果，只野女士没有任职。

据说只野女士的姐姐理江在丸幸木材工作的时候，社长夫人把做得多了的菜给理江带回去，只野女士也一起吃过吧。所以，只野女士害怕公司里可能有人还记得理江。

虽然不知道高砂水果的情况，但是可能与丸幸木材一样，公司内有人记得理江。

我们改变话题，询问了近藤关于只野女士的各种问题。

但是，从近藤口中，没有再出现有用的信息。

"你知道老虎吗？"突然，剑持律师问道。

近藤抬起头，问道："老虎？是指动物的老虎吗？"

"组织的老虎。"剑持律师说。

"组织的，老虎？我不太清楚。"近藤不像是在撒谎。

原来如此，恐怕与老虎有关联的，只有只野女士吧。老虎与只野女士，只野女士与近藤，单线联系着。但是，老虎与近藤之间并没有联系。

"只野女士去世了，每个月的汇款没有了。所以，下个月我必须要从这个公寓搬出去……真是太麻烦了。好几次破产，反复找工作，我的简历都已经乱七八糟了。"近藤黯然失神。

近藤一直在为眼下的经济困难和麻烦而叹息，没有向我们提问。一般来说，她应该会在意只野女士想做什么。难道她不想知道自己在过去的七年里，被卷入了什么事情中吗？

在之前七年的时间里，近藤也没有向只野女士提问，只是唯唯诺诺地随波逐流。能拿到钱很幸运，拿不到就很苦恼，也许近藤就只有这种水平的认知。正因为她是这样的人，才被只野女士看中并利用了。

她今后也会以这种状态生活下去吗？不考虑自己被卷入了什么事情，为眼前的得失喜忧，有什么事就怪罪别人。

一想到她的前途，我就忐忑不安。但是，我也不知道能说些什么。

最后，我们答应近藤，不进行法律处分和告发，离开了近藤家。

做假账另当别论，在其他方面，近藤并没有做违法的行为。所以法律上的处分，本来就是莫须有的事。尽管如此，近藤还是露出了放心的表情，也许是背负的心理负担没有了，心情变轻松了。

刚出公寓的门口，剑持律师就拿出手机，开启了电源。因为担心说服近藤的时候会受到干扰，所以剑持律师事先关了手机。

剑持律师看着手机里收到的邮件，抬起了头，笑容灿烂。

"喂，美马律师，快看啊。"剑持律师把手机递给我。

"古川君联系我了，说川村律师恢复意识了。"

"川村律师吗？"

我也不由得露出了笑容。

"太好了。我今年已经看了足够多的死人了。"

"我也是。"

剑持律师像是跟我比赛一样，扬起了下巴。她真是在奇怪的地方很孩子气啊。我们的心情完全放松了。

案件的全貌并非完全都明朗了。只野女士执着于摧毁公司的理由尚且不太清楚。只野女士自杀的理由也没有水落石出。

但是，从近藤所说的话中，我们已经了解到了近藤和只野女士的角色分担。之后，如果能知道只野女士和老虎的关系，就能更正确地解释只野女士的行为了。

川村律师也在独自探索吧。如果能将我们的信息与川村律师掌握到的信息综合起来的话，可能就能明确只野女士自杀的原因。这样，就可以结束对幸元社长的连日问讯，将丸幸木材从破产危机中拯救出来。

我一边放松着心情，一边打开了自己的手机。和剑持律师一样，为了劝导近藤，我也切断了电源。

下一瞬间，当看到显示的来电记录，我怔住了。

丸幸木材的幸元耕太那里，每隔几分钟就有一次来电，一共有近十次来电记录。

最后的来电记录是三分钟前。

还有电话留言。

"美马律师,老头子不见了。家里的暖桌上有二十封写给家人和客户的遗书。旁边放着企业家保险的合同。"

我感到心跳加速。

"我在家附近到处找,但是找不到。最后见到他大约是在两个小时前。也许,他是去了格雷姆商会,因为那个地方是开端。"

从幸元社长的辩护律师涩野那里听说,社长这几天都在接受警察纠缠不休的调查。幸元社长本人的精神状态应该不是很好。

也许他开始有了自己迟早会被逮捕的思想准备。一旦被逮捕,作为"因杀人罪而被逮捕的社长",他将继续给丸幸木材带来恶劣影响。即使没有被逮捕,只要继续接受调查,谣言也会扩散开来,眼看着丸幸木材就要破产了。

这时,企业家采取的行动只有一个。

用自己的生命作为交换,尽可能给公司留下钱。

我的父亲和母亲也是如此。

我跑起来,跳上了出租车。

无论如何,我都必须阻止幸元社长。

第五章 生命的价格

第五章 生命的价格

1

我一直催促出租车快点开,再快点开。十五分钟就到达了汐留。

我全速跑向格雷姆商会。

高跟鞋跟咔嚓咔嚓得很吵。

我穿过格雷姆商会的大门,跑过接待处。

警备用的襟翼闸机原本就没有开启电源。我也来不及拿到入馆许可,直接穿了过去。

现在才八点多,还有出入的职员。他们与我擦肩而过,向我投来怀疑的目光。

我不小心撞上了一个公司职员,身体失去了平衡。

我一边道歉说着"对不起",一边马上调整姿势。

我抑制不住焦躁不安的心情,跑进了电梯大厅,粗暴地按往上的按钮。但几台电梯到达一楼都要花时间。

我决定爬楼梯上去,跑到了电梯旁边的紧急楼梯前。

中途,一只高跟鞋掉了,于是我索性把另一只高跟鞋也脱了。

我两级两级地跨着楼梯的台阶,突然听到了连裤袜在胯部裂开的声音。

跑过三楼的时候,我已经气喘吁吁了。还有一层,在到达四层之前不能停。我几乎停止呼吸,继续爬着楼梯。

社长一定是在四楼最里面的斩首室。我穿过四楼的走廊。地毯与连裤袜摩擦,脚底很痒,但是现在不允许我在意这样的事。

我粗暴地打开了四楼最里面那间斩首室的门,冲进了房间。

"不要!"我竭尽全力地喊了出来。

幸元社长抬起了头。

他的两手握着一把菜刀。

刀尖正朝着自己。

"不能死啊!"我大声地说,"即使你死了,也救不了公司!"

突然发出很大的声音,我的喉咙很痛。

"只有一亿日元、两亿日元,是救不了公司的。"

拿着菜刀的社长,手在颤抖着,说道:"这是我自己决定的事情,请原谅我吧。"

我朝着社长冲了过去。

我脱掉夹克,蒙住社长的脸。

趁着这个机会,我拿起椅子,胡乱地向社长的手臂敲去。

社长的手松了,菜刀掉在了地板上。

我用脚尖踩着那把菜刀,朝门口踢了过去。

菜刀伴随着"咚"的一声,被踢出了房间。

"死了也没有意义。因为比起死,活着更有价值。"我一边流着眼泪和鼻涕,一边喊着,"不要逃避!活下去!"

到了现在,我才刚喘过气来,"呼呼呼"地拼命呼吸,但是呼吸很痛苦。

"我爸爸和妈妈也是这样。为了钱死了,但是钱不够。他们白白地死了。我希望他们能活着……"

伴随着呜咽,我的身体站都站不稳了。

社长从我的外套里露出了脸,注视着我。

视线一瞬间停在了我身上。

但是,他的视线马上又转移到了我的上面。

在远处,有一双幽灵一般的眼睛。

"美马律师的父母都死得很精彩啊。"背后传来了声音。

我回头看。

哀田律师站在那里。

一只手上,握着我刚才踢出去的菜刀。

"是经营柿饼的美马柿子店吧。为了保护家人和工作人员,两个人一起上吊了。一个人一生的收入,顺利的话是两亿日元到三亿日元。通过企业家保险,每人能拿到两亿日元,两个人能拿到四亿日元,那算是赚到了呀。"

哀田律师一副若无其事的样子说道,身体左右轻微摇晃着,看起来是在微微地笑着。

"你听好了。钱就是要拼了命去赚的。美马律师的父母,生命的使用方式是很正确的。"

我茫然不知所措。哀田律师在说什么呢?他为什么会在这里呢?

"只野女士的死也很精彩。"

对了。哀田律师是在格雷姆商会的办公区。下午我打电话给他,向近藤预约面谈时间。但是,他为什么会站在这里,手中握着菜刀呢?

"今天,你们也会死得很精彩。幸元社长刺杀了美马律师,之后就自杀了。"

哀田律师握紧了菜刀,刀尖朝向我们这边,一步一步地靠近。

我全身瘫软,站不起来了。

我一边颤抖,一边后退。

"为……为什么?"我勉强挤出了声音。

"因为你对老虎知道得太多了。"

哀田律师发出闷闷的笑声,从西服的口袋里拿出一张名片大小的卡片。

卡片看起来眼熟,是那张写着老虎联系方式的白色卡片。

"你刚才在入口处把这张卡片弄丢了。你好像去赤坂家拜访过,然后拿到了这张卡片。美马律师,你知道了关于老虎的事情了吧……其实,跟你谈话的赤坂,不久前已经被我处理掉了。不这么做的话,我也会有生命危险的。"

"赤坂先生,那位赤坂先生……"

我想起了那位脊梁挺直、笑容柔和的老人。

"但是不是你的错,并不是因为向你泄露了信息才把赤坂灭口的。赤坂是因为碰了别的危险的事情，原本就要被处理掉的。他太贪心了。"

"哀田律师，你杀了赤坂先生吗？"我用颤抖的声音问，但哀田没有回答。

他只是慢慢地在靠近。菜刀的侧面闪闪发光。

赤坂先生，死了吗？

我的头晕乎乎的，不知道是愤怒还是惊讶。

"哀田律师，你也是老虎的一员吗？"我问了，但是同样没有得到回答。

我感到头晕，视野模糊。我一边慢慢向后退，一边盯着哀田律师拿着的菜刀刃。哀田一点点地靠近。我的身后是幸元社长。墙壁是镶着玻璃的，但是没有窗户。哀田律师站在门口。

我无处可逃，必须要想办法对付哀田律师。但是，没有能作为武器的东西。包被我扔在了入口，鞋子也脱在楼梯上了，外套扔给了幸元社长。现在的我，两手空空，穿着脱了线的连裤袜、连衣裙。

我一边后退，一边突然反手抓住椅子。

呼，我叹了一口气。就是现在。我把椅子一下子抬起来，朝着哀田律师打过去。

哀田律师发出"哼哼"的声音，应该是被我打中了肋骨。

他用没有拿菜刀的左手抓住了椅子腿，然后使劲晃动右手握着的菜刀。

我慌了手脚。哀田律师乘势把椅子推到了我的胸前。椅子的角陷入我的胸口，不可思议的是我没有感到疼痛。但是，哀田律师乘胜追击，步步紧逼地推着椅子，把我逼到了房间的最里面。这样下去情况会越来越糟糕。

就在这时，从远处传来了一个声音。"咔咔咔咔"的，很有节奏。声音渐渐接近了。

正当我在想是什么声音的时候，声音停止了。

"住手！"

随着怒吼声，一个黑乎乎的身影冲进了房间。是剑持律师。她应该是看我神情慌张，追着我来到了格雷姆商会吧。

趁哀田律师吓了一跳之际，剑持律师痛快地让他吃了一记飞膝踢。

哀田律师呻吟着，身体倾斜了。剑持律师也倒在了地板上，但是她迅速地打了个滚，又站了起来。又一次，对准哀田律师的腹部，展开了一记旋转踢。

结结实实挨了一顿踢，哀田律师躺在了地板上。剑持律师着地的时候，好像侧腹撞到了桌子上，痛苦地蹲了下去。

我一下子捡起掉在地上的菜刀。

"按住这家伙。"剑持律师说道。

幸元社长和我正要行动的时候，哀田律师说："等一下。我们做个交易吧。你不想知道关于老虎的事情吗？"

"把美马柿子店搞破产，也是老虎干的。"

我不由得停下了脚步。

"什么意思？"我提问的声音在颤抖。

"用来做柿饼的工厂，土地变更之后，建了一座很大的商业大楼对吧。有人想要那片土地。所以，老虎把柿子厂摧毁了。"

哀田律师痛苦地扭动着身体，拼命地挤出声音道。

"你说的是真的吗？"

我感觉到了身体在发抖，冷得厉害。

"老虎很习惯做这种事情。只野女士说想搞垮那四家公司的时候，参与商量的也是老虎。老虎只是教了只野女士方法，剩下的工作，只野女士几乎都是一个人执行的。只野女士好像还拿出了自己的存款，给了近藤那个女人零花钱。老虎虽然也提出过出钱，但只野女士最终还是拒绝了让老虎提供资金。所以只野女士是拿出自己的钱，施行了计划，真了不起。我只是把人和人介绍到一起就可以了。"

那个撮合高砂水果的社长和山峰的高个子男人就是哀田律师吗？

"安排只野女士自杀的也是哀田律师吧。"

我声音沙哑得连自己都吓了一跳。

哀田律师对只野女士说，"我们一定会救活"格雷姆商会，并特意告知她可以通过出售部门延长寿命。那时，我以为他是为了鼓励只野女士。但是实际上，这是为了逼迫只野女士而说的话。听了哀田律师的话，只野女士应该很着急，想着无论如何也要把公司搞垮。

"我只是告诉了只野女士关于法律的一般性规定。"

只野女士也不知道哀田律师是老虎的一员吧。

"只野女士很优秀。她姐姐在就职冰河期[10]没能就业,一直是非正式职员[11]。只野女士搞垮的四家公司,都是她姐姐在那里遇到冷遇,被解雇的公司。反复被辞退的姐姐因此得了心病,自杀了。"

幸元社长吃了一惊,僵住了。

我背着手握着菜刀,一点一点地靠近了哀田律师。

我觉得有必要再争取些时间。

"但是,要复仇的话,只针对社长不就好了吗。搞垮公司这种没有实体的东西,能得到什么呢?"

我一边问,一边慢慢靠近。

"只野女士想要复仇的,就是正式员工和非正式员工的身份制度。再进一步说,就是想向没有能力的正式员工们复仇。"

---

[10]就职冰河期是指日本泡沫经济破灭后的就业困难的时期(1993—2005年),比喻就业市场如冰河期般的寒冷状态。

[11]在日本雇佣形式主要分为三种:正社员,契约社员,派遣社员。正社员是正式员工。日本的劳动法对正社员有很好的保护条款,公司不能随便雇佣,基本上是工作到退休为止的长期契约,享有公司的一切福利待遇,奖金、带薪休假等。而契约社员和派遣社员是非正式员工。契约社员有确定的雇佣期间,一般是最长三年,有高度专门知识的专业人士等可以获得最长五年的契约。契约社员一般来说没有公司的奖金,但会获得企业的交通补贴,所以工资待遇会比派遣社员好一点。而派遣社员是与人才派遣公司签订合同,再由人才派遣公司联系雇主将人才输送至企业。一般来说在企业极度缺少人手或是节省成本的情况下会招派遣社员来公司工作,根据企业和各人的情况决定在该公司的工作期间,通常是三个月。派遣社员不享受企业的一切福利待遇,工资由人才派遣公司发放。如果企业经营不善,最先辞退的是非正式员工。

哀田律师躺在地板上，歪着脸笑了。

"她居然会想到做这样的事，真了不起啊。只野女士的姐姐明明很优秀，但是因为是非正式员工而被解雇，最终导致死亡。无论多无能的家伙，只因为是正式员工，就能嚣张跋扈，只野女士无法忍受这种事情。如果公司破产的话，就没有正式员工和非正式员工之分了，所有人都只是无业游民，有能力的人可以获得下一份工作。只野女士觉得这样才是正确的。没有能力的人就没有饭碗，她只是想恢复这样正常的状态。"

就在那一瞬间，我把菜刀从正面伸出，砍向哀田律师。

哀田律师睁开眼睛，一下子滚动身体避开了。

我马上稳住身体，再一次用菜刀向哀田律师砍去。

"住手！"剑持律师按住肚子，匍匐着向我爬过来，紧紧地搂住了我的脚。

"放开我。这个人是杀害我父母的仇人。"我试图踢开剑持律师。

剑持律师痛得表情扭曲。

趁着这个机会，我重新握住菜刀，注视着哀田律师。

剑持律师一脸凶狠地站了起来，瞪着我，摆好架势。

一瞬间，剑持律师的脚尖踢中了我头部一侧。我疼得眼冒金星，菜刀也掉了。

就在那一瞬间，哀田律师向我冲了过来。我倒下了，眼前的场景就像电影慢镜头一样在我眼前播放。哀田律师的手肘碰到了掉落的菜刀，他像被绊倒了，失去了平衡，扑倒在我身上。正好刀柄上方是哀田律师的身躯，菜刀就朝我扎了过来。又加上哀田律师的体重，菜刀一下子刺进了我的侧腹。

我原本就很痛，所以被刀扎了，并没有感觉到疼，只是肚子周围觉得有些莫名地发烫。

我稍微转动了一下脑袋，环视四周。哀田律师不知什么时候不见了。

我看到了自己身体周围，血在扩散。

我注意到了一点。我虽然不能看别人的血，但是看到自己的血却心情平静。我出乎意料地冷静，有一种风平浪静的心情。

美法也说过，"比起担心别人，还是担心自己比较好"。

我的视野渐渐变窄，整个人坠入了黑暗。

2

我好像一直在睡觉。

说是一直，也就是一周左右。

等我回过神来的时候，周围一片洁白，身体也轻飘飘的，我以为自己终于来到了天堂。但是，过了一会儿，侧腹一跳一跳地痛了起来，才明白过来自己还活着。

最先跑过来的是剑持律师和津津井律师。

第五章　生命的价格

我没有亲人。

住院手续这些好像都是剑持律师帮我办理的。

"对不起,我做得太过了。"剑持律师像是在走廊上罚站的小学生一样低下了头。

可能是剑持律师不习惯道歉吧。她做不到从腰部弯下来,只能做出把头低下来的姿势。

但是,剑持律师的反省好像是真的。

剑持律师说,今年年初她从事务所离开,休息几个月的时候,被卷入了一场小风波。为了阻止某个人,剑持律师使用了头槌攻击,但是剑持律师很在意头槌的样子并不好看。于是,她知耻而后勇,去学习了泰拳,掌握了精湛的腿法。她对使出全力踢了我一脚的事进行了反省。

幸元社长放弃了自杀。

辩护律师涩野成功说服了警察。近藤的一部分证言录音也作为证据提供给了警察。只野女士和她姐姐的工作经历表明,只野女士对幸元社长怀有怨恨。最后,警察似乎也认可了"只野女士是自杀,为了让幸元社长背负杀人罪,才把他叫到了现场"的结论。没有幸元社长是犯人的直接证据,警察的判断看来很明智。

摆脱了杀人嫌疑的幸元社长,忙于联系走访客户。在我失去意识期间,儿子幸元耕太好像来过几次。

"哀田律师后来怎么样了?"我问道。

津津井律师很遗憾地垂下眼帘,给我看了新闻报道的剪报。

那天,趁我被菜刀刺中的间隙,哀田律师逃走了。之后虽然没有消息,但两天前在富山县的山林中发现了他的遗体,死因不明。

"我觉得这是老虎干的。我也听过关于他们的传闻,类似于都市传说。"

津津井律师一副认真的样子。

"但是……老虎是投资家集团吧。再想赚钱,也不会去做杀人这样不划算的事吧?"

"我不知道事情的真相。不过,我觉得老虎并不是直接下手的。老虎很聪明,他们游走于法律边缘,但不会真的违法。正如美马律师所说,杀人是不划算的。只是,他们有可能利用自暴自弃的小混混,让他们蹚这个浑水。他们是投资集团,自己不动,让别人做,这是作为投资家的基本功。"

我回忆起在拜访赤坂家之后,让我心中燃起怒火的那些事情。

我不能容忍从那些拼命工作、为社会创造价值的人那里捞油水的行为。对他们来说可能是油水,但那是真实的鲜血。被寄生虫吸食过多的话,会死的。

赤坂的去世也给我很大的打击。在我昏迷的时候,葬礼也结束了。哀田律师说不是我的错,但是果真如此吗?我心中留下了难言的苦楚。

津津井律师清了清嗓子:"请听好:这件事最好不要再深

究了。美马律师、剑持律师，你们两位都知道老虎。你们俩与老虎有接点的事，应该只有哀田律师知道。既然哀田律师去世了，就不会再泄露了。"

剑持律师带着严肃的表情，听着津津井律师的忠告。

她只是听着，也没有说"是"，也没有点头，只是瞪大了眼睛，一动不动。那个侧脸，让人联想到瞄准猎物的鹰。

"这么说来，还有一件事搞明白了。"津津井律师对我说，"内部投诉近藤的人，是管理部门的董事安西先生。"

"安西先生？"我吓了一跳，反问道。

"就是他。"剑持律师说道。

"我死缠烂打地拜托了古川君，让他帮我调查一下。调查的结果是安西先生的私人地址。因为他在公司里登记了紧急联络方式，所以我们才知道是安西先生。稍微想想就知道了，大叔的IT技术都很弱，也许他觉得通常情况下应该不会去确定谁是投诉者，所以可能就没防备。"

"但是，安西先生为什么要这样做呢？"

"好像是想避免被人追究关于公司破产的责任。"津津井律师回答。

"格雷姆商会和兰德公司的独家销售合同失效，面临破产危机。本来应该在那个时候就及时与顾问律师商量，进行公司内部调查。但是，安西先生没有这么做。他不想听到对公司不利的报告。"

只野女士也透露过，上层不想听到对公司不利的信息。

那件事应该是真的。

"如果安西先生当时采取适当行动的话，公司也许会获救。但是，他没有做。格雷姆商会破产的责任有一部分在他身上，他害怕被追究责任。"

"但是，再追究责任，公司也已经破产了。"

我突然想到了。

"啊，是担心来自股东那里的责任追究吗？"

通常，公司的董事们都会承担相应职务的责任。如果不履行责任，而给别人造成损失的话，会被要求赔偿损失。

公司破产的话，员工受到损失。但是经济上最吃亏的应该是股东吧，因为拿出钱购买、持有的股票，变成了价值为零的废纸。

像这次的情况，如果是安西失职的原因，导致公司破产的话，安西有可能被股东们要求赔偿损失。

"是的。安西先生害怕自己的失职暴露出来。他为了让其他人认为公司破产的原因在其他地方，所以举报近藤在做违法行为。无须明确近藤是真的在做违法行为。只要错的不仅是他自己，其他人也有错，对于安西先生而言，留下这样的记录，就可以了。"

"原来如此。所以安西先生一边投诉，一边自己却不协助调查。因为他只需要曾经有过这样的投诉这一既成事实就足够了。"

倒不如说，如果我们仔细调查的话，安西先生会有麻烦。

因为很可能会揭发出安西先生自身的失职问题。之所以会告诉近藤，她被人投诉的事情，是为了诱导她，不要协助调查吧。

"安西先生的罪过不只是这些，最终将只野女士逼入自杀境地的也是安西先生。"

我吓了一跳，看着津津井律师的脸。

"眼看公司就要破产了，安西先生害怕被追究责任，所以他进行了破产原因的内部调查，应该是想找到除了自己以外的破产原因吧。这时，他发现了近藤所供职的公司接连破产的工作经历，他还注意到了其他职员的简历。因为近藤和只野女士以前在同一家公司工作过的关系，安西注意到她们两人似乎有某种关联。看一下平时的工作情况，近藤和只野女士，哪个是主谋就一目了然了。"

确实，在近藤身上看不到为了摧毁公司而谋划的影子。如果近藤和只野女士二人是同伙，那主谋就是只野女士吧。

"听说安西先生威胁了只野女士，'我知道是你让公司破产的，你马上自首吧。否则，我就把你揭穿'。"我认为那个威胁是逼迫只野女士自杀的直接原因。但是，只野女士并没有打算白白死去。她打算带着格雷姆商会和丸幸木材一起上路。最终，只带着格雷姆商会一同奔赴黄泉了。"

"等、等，请等一下。"

我拦下了津津井律师的话。

"这些话是从安西先生本人那里听来的吗？"

"是啊。"津津井律师瞪着眼睛，脸上做出这是理所当然的表情。

"这……那……您是怎么问出来的呢？"

"也没什么。我就劝解他，也会带些威胁就问出来的。"津津井律师待人和善的脸上，露出温和的微笑。

"啊，好可怕……"我不禁把心声吐露出来。

津津井律师的那张脸，让你觉得他就连虫子都不舍得杀掉一只。看他的外表，就像是坐在院子的檐廊下，撸着猫、品着茶的样子。但是，你却不知道他在想什么，我觉得很可怕。

"安西先生最终会怎么样呢？"

"我答应过安西，不会把问到的信息泄露给警察。所以，关于把只野女士逼死这件事，被追究刑事责任的可能性很低。"

津津井律师一瞬间闭上嘴，眨了眨眼，然后再次盯着我的眼睛，用明快的语调说："但是，股东还是很有可能发起诉讼的。我是公司的顾问律师，最终是为公司股东服务的。对公司董事安西追究责任的诉讼，由我来负责。"

"啊，是这样啊。"我一下子放下心来。

"是这样的。没关系，我会好好收拾他的。"

津津井律师一定会让安西承担起他应承担的责任吧。只野女士的遗憾多少也能得到安慰吧。

津津井律师"呵呵呵"满意地笑了。

津津井律师作为同伴，非常可靠。

我可不想与津津井律师为敌。

3

两个人回去后,病房变得非常安静。

虽然是四人房间,但其他三位都是高龄患者,一直在睡觉。

白天会面时间结束,距离晚饭还要等一会儿的时候,病房的门突然打开了。

"喂,美马啊!"

突然响起了大嗓门的招呼声。

川村律师穿着睡衣站在门口。

我本来快要睡着了,突然一下子睡意消散了。

川村律师没有穿西装,也没有戴平时那副茶色眼镜,比在事务所的样子显得温柔。

但是,声音的震撼力却还是老样子。

"听说你也被刺伤了?"

"咦,川村律师?"

我吓得跳了起来,然后很快就尝到后果了。突然一动,侧腹的伤口很疼。

"川村律师,您为什么在这里?"

"什么为什么,当然是因为我也住院了啊。"

"也没必要和我在同一个医院嘛。"

"你在说什么呢？这附近的综合医院就那么几家。再说了，是我先进来的，你是后来才进来的吧。我才是想抱怨的那个人呢——"

我听到同一病房的病人传来了坐卧不安的声音。

可能是被川村律师的声音吵醒，在疑惑发生了什么状况。

"川村律师，我们出去一下吧。"

我向川村律师打了招呼，就慢慢地站了起来。侧腹虽然很痛，但也不是不能站起来。

我们走进了最近的会客室。会客时间已经过了，所以没有人。

我坐在长椅上后，说道："我没有被刺伤。只是在互相争执的时候，刀掉下来被伤到了而已。"

听我解释后，川村律师嗤笑着说："怎么还有这么逊的受伤方式。我可是被刺伤的哟！"

听川村律师那么得意扬扬地讲起自己被刺的事情，我真的不知如何回答。说起来，如果当日我没有及时发现的话，川村律师的生命就危险了。

"您是被哀田律师刺伤的吗？"

为了确认我的推测，我向川村律师问道。

川村律师苦涩地点了点头："也许是我的错。哀田以前就是个优秀的家伙，但是随着他做律师的年数增加，开始有了奇怪的迹象，我无法用语言来解释清楚。因为工作关系，我也曾和黑社会交往过，他们有一个共同点：不经意间，眼睛一下子变得黑沉沉的，像个没有感情的火柴人。"

我想起哀田律师袭击我时的表情。

我感觉他当时好像微微地笑了。

但是，我想不起更多的东西了。

"做坏事的那些家伙终究也是人，他们在某个地方杀死了自己的内心，不然，坏事也做不长久。习惯了杀人的人，眼睛就像黑洞一样，空洞无神。"

川村律师说到这里，夸张地咳嗽了一声。

他用一只手护着背，还是很疼吧。

"哀田那家伙慢慢也有了奇怪的眼神，也许是因为他太想出人头地，所以把自尊心给扭曲了。律师是赚不了多少钱的，那家伙根本不知道这一点。所以我在审查他升格为合伙人的时候提出了反对。把客户交给这个家伙，我觉得很危险，其实应该在那个时候就把他从事务所赶出去的。因为没能成为合伙人，所以那家伙更加郁闷了。但是，我万万没想到他会和老虎搞在一起。"

"您知道老虎吗？"我插嘴问。

"我知道。但是，我一直以为那只是都市传说。与赤坂先生谈了之后，我就想到这个案件和老虎有关。虽然赤坂先生没有透露给我提供收购建议的咨询师的名字。"

赤坂先生确实没有对川村律师说。

"您为什么知道是老虎做的？"

"老实说，我并不确信这是一个被称作老虎的组织。只是，我觉得这是个相当聪明的团体，在违法的边缘地带试探。这样的团体，我听说过的就只有老虎。"

"哀田律师应该是老虎的一员吧。"

"是的。原本我就觉得哀田和赤坂之间有什么事。他们在谈判场上见过几次面，哀田看到赤坂的时候，眼睛很黑，就像诈骗犯看到猎物一样的眼神。我想确认哀田的身份，于是去拜访赤坂，问了一下，发现哀田身上有老虎的气息。说起来，这次一连串的破产事件，我不认为是破产的外行策划的。哀田从十多年前还是年轻律师的时候开始，也许就走上了邪路。如果破产法律师哀田作为老虎的一员，参与了这一切，那逻辑就都说得通了。恐怕赤坂先生家里有安装窃听器、监控之类的东西，我去拜访的事，很快就被哀田发现了。哀田很聪明，他发现我在怀疑他，于是袭击了我。"

川村律师浅黑的脸，给人一种豪放磊落的印象。但是，谁都没想到他这么细致入微地观察着部下，考虑着部下。

"真的能故意让公司破产吗？"我提出了一个朴素的疑问。

"就算像哀田律师这样的破产法律师在背后发力，能否用人的力量摧毁像公司那样巨大的组织，我抱有疑问。"

"就像再强的人都有弱点一样，再好的公司也有弱点。如果对准弱点持续攻击的话，逐渐就能瓦解，这和人是一样的。"

川村律师苦笑着回答。

第五章 生命的价格

哀田律师也许是因为被人抓住了内心的弱点，而被拖上了邪道。

"唉，事实是怎样的现在都无所谓了。"

川村律师突然改变了话题。

"美马，听说你阻止了丸幸木材社长的自杀。真了不起！"

突然被大声夸奖，我很迷茫。

"光是你这次的工作，就体现了成为律师的意义。对于破产法律师来说，你知道最可怕的是什么吗？"

我以为川村律师会很快说出答案，所以一直沉默着，等他说答案，结果被训斥道："我在问你呢！"

"最可怕的东西吗……是债权人吗？喋喋不休地来催债。"

我脑子还不是很清楚，好不容易找到一个答案。

川村律师歪着嘴，怒吼道："你是白痴吗！"

刚才还在表扬，现在突然变成说教模式，我就更不知所措了。

"我们有时也会做债权方的代理人，怎么可能害怕债权人呢？"

他快速地说，然后调整了呼吸，用郑重的语气说："我们破产法律师最害怕的是相关人员的自杀。公司经营恶化也是没办法的，能救的公司会救，已经为时已晚的公司，我们会尽量整理干净送走。就算最糟糕的情况，公司死了也没关系，因为这与人无关。但是人死了是很痛苦的，因为其实没有死的必要。"

川村律师的话让我听入了神。

一方面不想承认父母的死是白死。另一方面,我也隐约知道父母不应该死,没必要为了钱而死。

"所以我才来告诉你,你让社长放弃自杀,这很伟大。你明白吗?"明明是被表扬,却还是怒吼。

"喂,知道了吗?回答呢!"

"啊,我明白了……"

在川村律师的催促下,我点了点头。

"喂,你要不要离开津津井的公司法队伍,来破产法队伍?"

川村律师直视着我的眼睛说:"你做破产法律师吧!"

"破、破产法律师吗?"我迷茫地重复着。

"您是说改变现在所属部门吗?"

川村律师重重地点了点头:"嗯,这也不是什么稀奇的事。比起公司法部门,破产法部门更适合你。"

我心中涌上无数混乱的情感。之前,我故意避开了与破产有关的工作。因为自己的家业破产了,所以可能更能理解快要破产的公司的现状和经营者的心情。但是,每次看到破产的公司,就会强行揭开自己的旧伤,像在伤口上撒盐一般地痛苦。

川村律师,不知道我的过去。

他一无所知地劝我:"喂,怎么样,快决定吧。"

结果,我只说了句:"请让我考虑一下。"

我觉得自己无法马上回答。

"嗯,你考虑考虑吧。但是,从一开始见到你,我就知道美马你适合当破产法律师。我不是说过了吗?'很有潜力。'"

我回想起了和川村律师第一次见面的时候。因为剑持律师强势推进,所以我低下头,做出谦卑的姿态,然后川村律师的心情就变好了。

"美马,你的鞠躬很漂亮啊。腰部笔直地弯下去,这是商人鞠躬的方法。这种人适合做破产法律师。"

我吃了一惊,盯着川村律师的脸。那时候,我单纯地认为是因为自己对川村律师拍马屁拍得好,所以他才心情变好的。我当时还想,大叔真单纯,男人,只要做出从下往上仰视的姿态就好了。

——"川村律师虽然给人强硬的感觉,但是个通情达理的人。"

我想起了当时剑持律师对川村律师的评价。

我可能真的什么都没看见。

川村律师又与我聊了一番之后,我一边目送川村律师的身影满意地离去,一边叹了口气。

川村律师回去后,我累得筋疲力尽。

晚饭也几乎没吃,不知不觉就睡着了。

再次起床的时候,时间是凌晨两点半。因为很早就开始睡了,半夜就醒了。

没有人说话。护士好像在远处走动。不知从哪里，传来了亚麻油毡地板的摩擦声。

我睡不着，呆呆地抬头看着天花板。

我突然想起了只野女士。

作为非正式职员，受到冷遇、选择死亡的只野女士的姐姐。

还有，怨恨正式员工与非正式员工的身份制度，怨恨正式员工的只野女士。

白天，我对比了只野女士要摧毁的四家公司，我们至今为止调查、总结的调查报告书。所有的报告书中都记载了这样一句话，"由于业绩恶化，将非正式员工裁员"。

只野女士的动机，在报告书中也体现出来了。

之前我们读了那么多遍报告书，但是却没有感到任何的不和谐。

因为，正式员工和非正式员工是不同的。

长期签约，雇佣保障很充足的正式员工与责任很轻、很容易被解雇的非正式员工。因为角色不同，经济不景气的时候，非正式员工被裁员是理所当然的。

我们都是这么想的，一点都没有怀疑过。

——"'像''不像'之类的概念本身就是毫无道理的，不同之处是一样多的。而在人类社会，却会根据我们是否重视某个不同之处，或是将人划入一个相同的集合里去，或是将他们与其他的集合区分开来。"

第五章 生命的价格

我回想起了幸元耕太的话,这是他对"丑小鸭定理"的解释。

每两个人之间,都有同样多的不同之处。

尽管如此,我们却用随意的要素,去画线,去进行区分,决定优劣。

也许正如美法所说的,有人擅自制定了序列。在那个序列中,再怎么努力战斗也是无济于事的,甚至想在序列中向上爬的行为也会被谁利用。

只野女士痛恨正式员工。她坚信,一个人应该根据自身的实力相应地得到结果,这才是正常的社会秩序,所以努力搞垮了公司。对于只野小姐来说,这是一种下克上[12]吧。

然而,就连这种下克上,也被第三者利用了。在只野女士接连搞垮公司的背后,老虎得到了利益。

我心情变得郁闷。

只野女士应该怎么办才好呢?难道没有任何好办法吗?难道只能默默地接受降临在姐姐身上的不合理的事,只能独自忍耐吗?

我也不知道怎么办才好。

我一直想摆脱悲惨的状况,想过上宽裕的生活,一直努

---

[12]日语"下剋上"是指身居下位的人在军事或者政治层面战胜或打倒了身居上位的那一方,比如下级代替上级、分家篡夺主家、家臣消灭家主、农民驱逐武士等。下克上在日本现代社会依然普遍存在,是指处于弱势的人战胜了强势的一方,挑战比自己地位、能力、权力高的人而且成功。书中是指只野女士作为一名公司的普通员工去挑战和对抗整个公司,甚至整个正式员工与非正式员工的身份制度。

力向上爬，再向上爬。奶奶已经不在了，我不用再努力了。

——"我不知道。玉子你做自己喜欢做的事情就好。"

美法是这么说的。

"你说让我做自己喜欢做的事。可是……"我对着天花板，轻声说。

一直到外面天亮了，我都没能睡着。

第二天，幸元耕太来探望我，还带来了社长夫人让带来的许多点心和花，说是问了事务所才知道我的意识恢复了。

"我父母也说要来探望，但是我没让来。那两个人来了，又要开始吵架了，很麻烦。"耕太这样说着，脸上露出酒窝。

为了阻止社长自杀，结果发生了各种各样的事情，我还受伤了。以夫人的性格，不知道要拿苍蝇拍对着社长拍打多少次才能消气。

"谢谢你救了我父亲。"耕太低下了头。

他的鞠躬比我想象的还要漂亮，至少比剑持律师好得多。

"我不知道怎么道谢才好。作为儿子，我太不争气了。我之前不了解经营公司的责任有多重，就是一个甩手掌柜。这次的事情，让我重新认识了我父亲。"

耕太稍稍歪着头，说："这样说有些太狂妄了，我变得尊敬父亲了。"

他规规矩矩地做解释，样子很可爱，我对他微笑。

那种事不必一一向我报告。

第五章 生命的价格

"美马律师……啊,不,啊,嗯,多亏了玉子小姐你。我想向你道谢,出院后我可以请你吃饭吗?"

耕太用和社长相似的和蔼可亲的眼神直视着我。我吓了一跳,看着耕太。昨天晚上,我正好想起过这双眼睛。

我马上移开了视线,盯着自己的手掌看。

那是一双长满茧子的、骨节突起的、劳动者的手。

我刚要开口,一瞬间又犹豫了一下。

但是,我觉得我必须要说出来。

我深呼吸了一口气,看向了耕太。

"我想工作。"我清楚地说出来了。

"欸?"耕太有些迷茫地问我。

"通过这次你父亲的事情,我意识到了我一直想工作。我找到了我想做的工作,我也想说谢谢。"

"啊,那太好了。"耕太微微低下头。

我微笑着说:"帮助你父亲也是我工作的一部分,请不要在意。"

我们就这样沉默着,耕太又开口说道:"那这样的话,还能不能有和玉子小姐再见面的机会呢?"

耕太吞吞吐吐地说。

"如果贵公司快要破产了,请随时叫我。"

耕太惊讶地重新审视着我的脸。

又沉默了一会儿。

"啊,嗯……是啊。我好像误会了什么,对不起。为了不麻烦美马律师,我会注意稳健经营的。"耕太不太利落地说着,"嗯,但是,还是可以再来探望你的吧。嗯,就这么办吧。你是我父亲的救命恩人,必须要来探望。我父母也会让我来的。"

耕太自言自语地说了一会儿。说了好一会儿后,好像满足了,留下了慰问病人的话语,垂头丧气地回去了。

目送着他的背影,我伸了一个大大的懒腰,又打了个哈欠。昨晚没睡好,现在好像睡意袭来了。我躺下来,打算睡个午觉。

我透过病房的窗户向上看,看到了万里无云的蓝天。清爽明亮的天气,是制作柿饼绝好的秋季晴空。

我闭上眼睛,眼前浮现出宝石般闪耀的糖红色柿饼。

出院后,去做柿饼吧。

没有人送,也没关系。我自己吃。

睡得迷迷糊糊的时候,我突然这样想。

(全文完)

[参考文献]

渡边慧 著,《认识与模式》(岩波新书,1978年)
日经 top leader 编,《为什么破产:从23家公司的破产学习失败的法则》(日经BP,2018年)
日经 top leader 编,《为什么破产:平成破产史编》(日经BP,2019)

本故事纯属虚构。作品中的名称与实际存在的人物、团体等一概无关。此外,作品中出现的法律理论,存在一定的夸张或省略。在处理实际案件时,请勿参考本书,请咨询律师。

图书在版编目（CIP）数据

持续破产的女人 /（日）新川帆立著；王丹译 . -- 北京：北京联合出版公司, 2023.5
ISBN 978-7-5596-6738-0

Ⅰ. ①持… Ⅱ. ①新… ②王… Ⅲ. ①长篇小说—日本—现代 Ⅳ. ① I313.45

中国国家版本馆 CIP 数据核字 (2023) 第 057127 号

TOSANTSUDUKI NO KANOJYO

Copyright © 2021 by Hotate Shinkawa
All rights reserved
Original Japanese edition published by Takarajimasha, Inc.
Simplified Chinese translation rights arranged with Takarajimasha, Inc.
in care of Eric Yang Agency Co., Seoul through CA-LINK INTERNATIONAL LLC., Beijing.
Simplified Chinese translation rights © 2023 by SHANGHAI MU SHEN CULTURE MEDIA CO. ,LTD

北京市版权局著作权合同登记　图字：01-2023-0052 号

持续破产的女人

作　　者：[日] 新川帆立
译　　者：王　丹
出 品 人：赵红仕
策划监制：王晨曦
责任编辑：徐　鹏
特约编辑：陈艺端
装帧设计：陈雪莲
封面插画：果　露
营销支持：风不动

北京联合出版公司出版
（北京市西城区德外大街 83 号楼 9 层　100088）
北京联合天畅文化传播公司发行
上海盛通时代印刷有限公司印刷　新华书店经销
字数 170 千字　889 毫米 ×1194 毫米　1/32　8.875 印张
2023 年 5 月第 1 版　2023 年 5 月第 1 次印刷
ISBN 978-7-5596-6738-0
定价：59.00 元

版权所有，侵权必究
未经许可，不得以任何方式复制或抄袭本书部分或全部内容
本书若有质量问题，请与本公司图书销售中心联系调换。电话：(010) 64258472 - 800

布克加
BOOK+
成就作者代表作
让阅读更有价值